U0881619

陈旧人物

叶兆言 著

译林出版社

图书在版编目（CIP）数据

陈旧人物 / 叶兆言著．—南京：译林出版社，2024.1(2024.10 重印)
(叶兆言作品系列)
ISBN 978-7-5447-9992-8

Ⅰ.①陈…　Ⅱ.①叶…　Ⅲ.①散文集－中国－当代　Ⅳ.①I267

中国国家版本馆 CIP 数据核字（2023）第 242433 号

陈旧人物　叶兆言 / 著

责任编辑　刘帆帆　焦亚坤
装帧设计　胡　苨
校　　对　孙玉兰
责任印制　闻媛媛

出版发行　译林出版社
地　　址　南京市湖南路 1 号 A 楼
邮　　箱　yilin@yilin.com
网　　址　www.yilin.com
市场热线　025-86633278
排　　版　南京展望文化发展有限公司
印　　刷　江苏凤凰新华印务集团有限公司
开　　本　850毫米 ×1168毫米　1/32
印　　张　8.5
插　　页　2
版　　次　2024 年 1 月第 1 版
印　　次　2024 年 10 月第 2 次印刷
书　　号　ISBN 978-7-5447-9992-8
定　　价　58.00 元

版权所有 · 侵权必究

译林版图书若有印装错误可向出版社调换。质量热线：025-83658316

前　言

这本书内容看似整齐，长短差不多，却陆续写了十年。其中有两年的专栏，为此，要隆重感谢约稿编辑，没有他们坚决督促，就不会有这本小书。熟悉一点掌故的都知道，鲁迅先生成为小说大家，与钱玄同的引诱和教唆不无关系。文章往往是逼出来，历史证明大作家得逼，各式各样小作家，同样可以逼上梁山。

“陈旧人物”既代表人的陈旧，也试图把“陈”当作动词，展览一下几个老掉牙的前辈。文章写出来，照例会有人喜欢有人不喜欢。有人劝不要写这类文字，他的意思是说，等你老了，不能写小说了，再写也还来得及。有人鼓励多写，觉得这些文章比我的小说更精彩。同声相应，同气相求，我从来不是个有主见的人，耳朵根也软，常常身不由己，一直处在写与不写之间。

本书最早结集，是二〇〇七年，感谢陆灏兄提供出版机会，感谢上海书店出版社。初版删《张闻天》和《潘汉年》，三年后出版增订本，重新补上，同时编入新写的文字，增加了五分之二内容。同一个书名，出现两个不同版本，给读者造成困惑和不方便，为此深表歉意。

再版后记中，已做过声明，目前的这个版本为最后定稿，以后再写同类文章，将另编成书。

二〇一八年十二月十五日　下关三汊河

目 录

康有为

我对康有为一直没什么太好的印象，说来可笑，这反感首先来源于一种妒忌，大约自己比较笨，总觉得喜欢自我吹嘘，总有问题。读康有为的东西，老想着他是在吹牛，翻开中国近代的历史，像他这么感觉良好和敢说大话的人，还真不太多。康有为自订的年谱上说自己五六岁时开始读四书，到十岁便“知曾文公、骆文忠，左文襄之业，而慷慨有远志矣”。书读多了，对有些文字已经麻木，譬如神童之说，在这一点上，康有为表扬自己和表扬自己儿子如出一辙，他老人家五十岁才得子，儿子三岁，能背三十首诗，认识几百个字，他立刻写诗盛赞“风骨凝端秀，神明得静舒”，认定这孩子前途无量，将是自己最好的接班人。三岁毛孩能背诗识字，这样的神童在今天也不少见，一个人日后若有了出息，早年的聪慧便是明证。其实小时了了，大未必佳，是经常的事情。

康有为被称为“康圣人”，这又是我不喜欢的一个原因，因为圣人不是普通人，没有人情味。他是天生的教主，一言一行，都和他的书法一样，流露出强悍的霸气。我始终想不太明白，光绪皇帝如何就轻信了他的蛊惑，读谭嗣同的《仁学》，读康有为的《大同书》，总觉得是年轻的皇帝上了文人的当。站在大清朝的角度上，康梁一党，不仅要杀，而且要斩草除根。光绪当皇帝毕竟嫩了一些，虽然《仁学》和《大同书》都是戊戌之后才出笼，但是作为一种思想，显然是早已形成。谭嗣同的变法，迟早一天是连皇帝的脑袋也要砍的，因为他赞美法国大革命，“誓杀尽天下君主，使流血满地球”。康有为表面上温和，开口皇上闭口忠君，他的《大同书》更让人目瞪口呆，梁启超《南海康先生传》说到乃师的哲学思想：

> 先生者，天禀之哲学者也。不通西文，不解西说，不读西书，而惟以其聪明思想之所及，出乎天天，入乎人人，无所凭借，无所袭取，以自成一家之哲学，而往往与泰西诸哲相暗合，得不谓理想界之人杰哉？

> 先生之哲学，社会主义派哲学也。泰西社会主义，源于希腊之柏拉图，有共产之论。及十八世纪，桑士蒙、康德之徒大倡之，其组织渐完备。隐然为政治上一潜势力。先生未尝读诸氏之书，而其理想与之暗合者甚多。其论据之本，在《戴记·礼运》篇孔子告子游之语。

中国共产党一九二一年成立，梁启超这篇介绍文字，写于一九〇一年，此共产当然不等于彼共产，但是就其宣扬的一些东西来看，如“土地归公”，“男女平等，结婚离婚自由，严禁一夫多妻，一妻多夫”，“教育平等”，“遗产一半归公”，设“养老院”，“育婴之事，必由公局，父母不得与闻”，还真有些共产主义色彩。对于大清朝来说，康有为的“大同”理想，无疑异端邪说，光绪皇帝会糊涂一时，不可能糊涂一世。康有为显然是阴谋家，早就有几步走的如意算盘，可惜历史有自己的逻辑，并不按照他的想法发展，戊戌变法是第一步，这一步刚跨出去，就输得一塌糊涂。人们谈起这一段往事，喜欢把过错推到袁世凯身上，好像袁当时只要站在维新党人一边，变法便可能成功，中国的前途于是会另一副模样。这是过于天真的想法，在一个有着古老封建传统的国度里，仅仅是搬搬椅子挪个座位，都要流血死人，靠文人的一纸改革理想，想实现什么大同世界，实在是痴人说梦。

康有为的幸运，在于只是一个轰轰烈烈的开头，他许诺了一大堆根本就实现不了的理想，真放开手来让他做，不知道会出现什么样的糟糕局面。他是一个失败的英雄，因为失败，倒给人留下了一个壮志未酬的好印象。当时的有识之士，深感大清朝的溃败，为了国富民强，在是否要改革这一点上，都站在他一边。站在一边不等于完全认同，大家不过是站在同一起跑线上，想到达的目的地却风马牛不相及。陈寅恪的祖父湖南巡抚陈宝箴和父亲陈三立，就是因为赞成维新党被革职查办，永不叙用，而事实上，他们的思想和康有为并不完全一路，都觉得康有为“心术不够纯正”，因此“难当大任”，他们心目中能够胜任领导改革的人物是张之洞。另一位曾经当过清朝两任军机大臣的翁同龢，也是赞成变法的帝党人物，他在日记中就直截了当地说康有为“此人居心叵测”，并且把这种想法告诉了光绪皇帝。

戊戌变法的草草收场，使得隐藏在改革派内部的种种矛盾尚未展开，就烟消云散。不仅如此，康有为自身的严重矛盾，也被有效地藏匿起来。一九二七年，康有为七十岁寿辰，末代皇帝溥仪从天津给他老人家送了一块匾去，同时还送了一柄玉如意，他竟然激动得“喜舞忭蹈”，一时“感极，以喜以伤”，感恩戴德地给皇上回了一封信。这真是一场闹剧，他隆重其事，不过是标榜自己一贯的忠君思想。明明是大清朝的罪人，却非要煞有介事地做戏，而这罪人的定评恰恰是他存在的意义。在给溥仪的信中，康有为借歌颂光绪皇帝，趁机为自己摆功：

> 先帝扫二千年之积弊，政厉雷霆；顺四万万之人心，令如流水。书朝上而电夕下，国虽旧而命维新，百日变政，万汇昭苏，举国更始以改观，外人动色而悚听。

百日维新是康有为一生中最风光的日子，经过了辛亥革命，袁氏复辟，五四运动，在一九二七年的大革命前夕，康有为不仅被人淡忘，而且一旦提起，必作为革命的对立面痛加嘲讽。此时的溥仪也已被冯玉祥撵出故宫，躲在天津的租界做寓公，潦倒对失势，正所谓同是天涯沦落人。然而江山易改，本性难移，即使到了这一步，康有为仍然不改喜欢说大话的老毛病。其实他的政治理想，自始至终没有变过，说穿了就是虚君共和，大家对他的保皇思想，曾经痛加指责，很少有人能真正静下心来，想一想"虚君共和"究竟好不好。康有为的忠君从来就是演戏，他忠的只是一个傀儡，忠是假象，虚才是实。他所希望的社会，是英国似的君主立宪，因为在他的青年时代，大英帝国是世界上最强大的国家。他的那种强大帝国的宏伟理想，很容易打动和迷惑住年轻幼稚的光绪皇帝，但是无论康有为怎么美化，光绪终是一个无所作为的儿皇帝。从听话当木偶这一点上，康有为选对了人，事实上光绪皇帝可以走的路只有两条，听老佛爷的话，或者听康有为的，他既不是康熙和乾隆，更不是彼得大帝和拿破仑，指望他成不了事。

康有为变法的最终目的，还是推翻封建社会，他不过是想给封建帝王一个体面的退步。封建帝王将退出历史舞台，这是个必然的大趋势，顺者昌逆者亡，康有为作为一个书呆子，比同时代的知识分子更敏锐地看到这一点，并且不计后果身体力行。在他的变法方案里，曾有一个秘密的迁都计划，在他看来，北京实在是太保守，“旗人环拥，旧党弥塞，下至市侩吏胥，中则琐例繁礼，种种皆亡国之具”，“非迁都避之无裨易种新邑，不能维新也”，因此光绪皇帝只要带一些人，逃到上海去，很多问题就可以迎刃解决。他提出要“改维新元年以新天下耳目，变衣服而易旧党心志”，主张越来越激烈，难怪旧党会觉得他是在挟天子以令诸侯，是在毁大清朝的根基，而光绪皇帝在他的指挥下，也越来越手足无措。

民国以后，经历了一系列的内乱，袁世凯称帝，军阀混战，康有为因此更坚信自己的立宪思想，最符合中国国情。在他看来，有个傀儡皇帝放在那里，大家将因此断了独裁的梦想，再也用不着为最高权力争来夺去。这当然又是他的一厢情愿，因为只要有独裁的土壤，当皇帝可以搞独裁，不当皇帝也一样可以独裁。康有为编过一本书，标题骇人听闻，叫《不幸而言中不听则亡国》，他是局外人，说什么也没用。张勋复辟，他跟着起哄，因此遭到临时大总统冯国璋的通缉。见惯了风风雨雨的康有为大怒，通电天下，以一连串无可辩驳的事实，揭露复辟之事，贼喊捉贼的冯国璋乃是真正的主谋。这一招击中要害，所谓通缉便不了了之。把过错往文化人身上一推了事，这是统治者的惯用伎俩，袁世凯称帝出丑以后，玩的就是这一手，但是遇到倚老卖老的康有为，横竖不吃这一套，北洋军阀拿他老人家也没办法。

梁启超

康有为是块顽固不化的老石头，他是个认死理的家伙，一意孤行，一条路走到黑。他的弟子梁启超正好相反，是灵活机动，说变就变，所谓见异思迁，看谁好就跟谁学。从运气上来说，梁启超也更好一些，他十七岁就中了举人，少年得意，而他的恩师中举却要晚得多。梁启超是识时务的俊杰，活到老，学到老，他拜康有为为师的时候，康还没有中举，在科举时代，一个有功名的人，能拜无功名的布衣为师，其好学精神由此可见一斑。梁启超在《三十自述》中曾表明他为什么拜师康有为：

其年秋，始交陈通甫。通甫时亦肄业学海堂，以高才生闻。既而通甫相语曰："吾闻南海康先生上书请变法，不达，新从京师归，吾往谒焉，其学乃为吾与子所未梦及，吾与子今得师矣。”于是乃因通甫修弟子礼事南海先生。时余以少年科第，且于时流所推重之训诂词章学，颇有所知，辄沾沾自喜。先生乃以大海潮音，作狮子吼，取其所挟持之数百年无用旧学更端驳诘，悉举而摧陷廓清之。自辰入见，及戌始退，冷水浇背，当头一棒，一旦尽失其故垒，惘惘然不知所从事，且惊且喜，且怨且艾，且疑且惧，与通甫联床竟夕不能寐。明日再谒，请为学方针。先生乃教以陆王心学，而并及史学西学之梗概。自是决然舍去旧学，自退出学海堂，而间日请业南海之门，生平知有学自兹始。

陈通甫是康有为的大弟子，英年早逝，曾被戏为康门的“颜回”，他死了，大弟子头衔自然而然落到梁启超的身上。康有为一生能成气候，翻云覆雨，与梁启超这么一位得力助手有极大关系，打一个很不恰当的比方，康是希特勒，梁就是戈培尔，再也找不到比他更好的宣传部部长。宣传和鼓动是梁启超的强项，他所创造的“新民体”在民国初年影响极大，除此之外，他一生都是个好学生，在今后的发展中，无论如何得意，虚心好学见贤思齐的作风不改，这一点也正好和他的老师相反。一八九七年，湖南时务学堂聘请梁启超为总教习，这一职务最初想让康有为担当，但是身为湖南巡抚公子的陈三立认为梁“所论说，似胜于其师，不如舍康而聘梁”，于是梁启超到长沙宣传维新思想。在长沙不过两个月，他有了一批得意弟子，戊戌以后，梁流亡日本，这些弟子也跟到日本，其中最著名的便是蔡锷。袁世凯称帝，蔡锷云南起兵，再造共和，梁启超起着十分重要的幕后作用。

梁启超尊师，并不说明他没有自己的思想。早在戊戌变法前，他和康有为在学术上，就有一些分歧。到后来，分歧越来越大，他们的政治理想南辕北辙，但是他从来不敢忘本，仍然执弟子礼甚恭。一日为师，终身为父，吾爱吾师，吾更爱真理，这两点都在梁启超身上得到充分体现。康梁并称，我更喜欢梁启超，其中最重要的理由，是觉得梁启超天真，有人情味，不是总板着一张老师面孔。梁启超的书法不能和乃师相比，他的字出自张迁碑，拙而敦厚，明澈见底，和他为人一样。康梁的共同点，都是国学功底深厚，不排斥外国的东西，不仅不排斥，而且拼命吸收。顽固派一眼看穿了把戏，譬如叶德辉就直截了当地说他们："其貌则孔也，其心则夷也。"

和同时代人相比，康梁对夷的关注，确实超乎寻常，说他们赞成全盘西化，未必有什么大错。我不知道梁启超的外语水平究竟如何，读他的文字，屡屡觉得他孜孜不倦正在学外语。戊戌之后，流亡日本，他开始和弟子一起学日文，显然是学通了，日后一些注明梁启超的译文，很可能是日文的转译。在外语学习方面，针对有人认为日本人的观点来自西方，要想了解西方，应该直接学英文，他有一些很实用的观点：

> 学英文者经五六年而始成，其初学成也，尚多窒碍，犹未必能读其政治学、资生学、智学、群学等之书也。而学日本文者，数日而小成，数月而大成，日本之学，已尽为我有矣。天下之事，孰有快于此者。夫日本于最新最精之学，虽不无欠缺，然其大端固已粗具矣。中国人而得此，则其智慧固可以骤增，而人才固可以骤出，如久餍糟糠之人，享以鸡豚，亦已足果腹矣，岂必太牢然后为礼哉。

古代帝王或者诸侯祭祀社稷时，牛羊豕三牲全备为“太牢”。学习在于效果，只要有效果就行。梁启超的虚心善学，在同时期实属罕见，尤其是在功名显赫的前提下，他仍然像一个好学的小学生。五四运动爆发的那一年，他已经四十七岁，去欧洲游历考察，在船上，他开始发愤学法语，这次出远门，是一年多的时间，他不仅学法语，而且学英文。在家信中，他对自己的学习生活作了这样的描写：

> 吾在此发愤当学生，现所受讲义：一、战时各国财政及金融，二、西战场战史，三、法国政党现状，四、近世文学潮流……

梁启超死后，据说留下藏书十万卷，遗著一千四百万字。他是一位真正的多产作家，如果不勤奋好学，不可能完成这么多字数，毕竟只活到五十多岁。人的生命是有限的，创造力也是有限的，在有限中能做出这样的骄人成绩，绝不是仅仅天才两个字就能打发。康有为之落伍，应该说和不接受新事物有关。梁启超能给后人留下深刻印象，有多方面的原因，中国近代史上的几件大事，戊戌变法，护国反袁，轰轰烈烈的五四运动，他都是最重要的领导人之一，或是台前活动，或是幕后奔走。多年来，很少有人提及他在五四运动中的地位，其实当年学生所以能闹起来，并且惊天动地，和正在巴黎的梁启超向国内致函报告和会消息有直接关系，青岛问题成了事件的导火索，梁启超警告政府，严责各全权代表，万勿在不平等和约上签字。我们习惯于把五四运动称为自发的学生运动，充分的史料证明，当时的学生运动，有政府默认的一面，因为让国内学生这么闹一下，有利于外交人员在谈判桌上讨价还价。

说到底，梁启超还是个书生，在政坛上，他不止一次有过机会，但是仕途得意不是他的人生目的。辛亥革命之后，也就是民国元年，他到达北京，“都人士之欢迎，几于举国若狂，每日所赴集会，平均三处，来访之客，平均每日百人”，在给女儿的信中，梁按捺不住得意心情，说自己“日来所受欢迎，视孙黄过数倍”。孙黄是指孙中山和黄兴，和这些职业的革命家相比，书生梁启超显得十分幼稚。在当时，革命党人和袁世凯既斗争又统一，处于中间位置的梁启超因此成为双方拉拢的焦点。凭他的资格和声望，捞个大官做不成问题，成问题的是他的性格不适合做官。作为国内温和派的代表人物，他有着很好的群众基础，他的受欢迎也说明当时确实存在着深得民心的第三条道路，这条道路能否走通是另外一回事。梁启超当过司法总长，好像还当过财政总长，都是很快就辞职，官场之黑暗，不是他这种书生可以忍受的。

梁启超晚年是清华四大教授之一，他的兴趣广泛，学问渊博，各大学都竞相聘请他去讲课。一些学校为了竞争，竟开出千元一月的高价，按当时的生活水准，这是一个天文数字。特殊的人才，通常都有异禀，有人问梁启超信仰什么主义，他想了想，说：“我信仰的是趣味主义。”有人又问他的人生观拿什么做根底，他回答说：“拿趣味做根底。”这种直率通俗的话，康有为绝对不会说。梁启超说自己做事总是津津有味，而且兴会淋漓，在他信奉的词汇里，什么悲观，什么厌世，一概不存在。他曾坦白说，自己所做的事，大都是失败，或者严格地说没有一件不是失败，然而总是可以一边失败，一边继续做，他不仅能从成功中获得乐趣，更能从失败中获得乐趣。人生不仅仅为了成功，他坦言自己生活的每一分钟都是积极的，向上的，因为积极向上，所以活得有滋有味。孔子说过“学而不厌，诲人不倦”，是人都可能学习，都可能教育别人，难得的只是真正做到“不厌不倦”，如果没有趣味做支撑，不厌不倦便不可能，也失去了意义。趣味是燃料，是精神活动的源泉，仔细想想，还真不能说梁启超的话没道理。

林琴南

法国人谈起中国人心目中的法国文学，总忍不住一种轻蔑的口吻，说你们喜欢《茶花女》。在法国人眼里，喜欢大仲马还算有些品味，毕竟有一部《基督山伯爵》，有《三个火枪手》，小仲马有什么呢，一部描写艳情的小说，写了一个交际花，害得文明之邦的中国人如痴如醉，神魂颠倒。法国文学是法国人的骄傲，在世界文学中有举足轻重的地位，仅仅喜欢《茶花女》，显而易见是对法国文学的不尊重。平心而论，法国人的观点不是没有一点道理，但是它的精度仍然有问题。《茶花女》的影响确是不小，作为一种流行，差不多一百年前的事情，当时正赶上戊戌变法失败，人心沮丧，改良的路行不通，大家只好将就着胡乱看小说。“茶花女”在中国本土的诞生，是生逢其时。

这当然得感谢林琴南。一八九九年，林译《巴黎茶花女遗事》问世，最初只印了一百本，私下送人，是在他的老家福建印行，即所谓“吴玉田”刻本，毛边纸印制，仿袖珍本样式，字迹精美，现在谁手头还有这种本子，一定可以当作文物卖出好价钱。《巴黎茶花女遗事》很快有了多种版本，于是“不胫走万本”，“一时纸贵洛阳”，从此翻译成了可以赚钱的行当，懂外语的人能够靠此谋生，出版社能够因此发财。一九八一年，经历了“文化大革命”的劫难，什么旧书都能畅销，林译《巴黎茶花女遗事》由商务印书馆再版，一次就印了十万册，这数字更坚定了法国人觉得中国人喜欢“茶花女”故事的看法。

在一百年前，小说这玩意，只有潦倒的文人，私下里弄着玩玩。林琴南能写一手漂亮的古文，在晚清文坛上，可以称为一代文章高手，他的文风是桐城旧底子，钱基博先生《现代中国文学史》中，曾说“当清之季，士大夫言文章者，必以纾为师法”，又说林琴南“遂以高名入北京大学主文科”。研究现代文学时，通常只注意到文体的变化，执着于文言和白话的论战，很少有人意识到白话文反对派林琴南的贡献。林译改变了中国文人对小说的看法，梁启超鼓吹新小说，是后来的事情，林译小说作为一种文学实绩，其影响并不在梁启超之下。

林琴南从风行到过气，时间很短。他是个自视很高的人，钱钟书先生在《林纾的翻译》中说他并不看重自己的翻译，同时代的人恭维他的译文，常常惹他老人家生气。他曾大言不惭地说过：

> 石遗言吾诗将与吾文并肩，吾又不服，痛争一小时。石遗门外汉，安知文之奥妙！……六百年中，震川外无一人敢当我者；持吾诗相较，特狗吠驴鸣。

林琴南在这里所说的文，是有别于韵文的文，即中国古代文化概念中的大散文。他的意思是，比较文章的好坏，除了明朝的归有光，六百年来没人能与他匹敌。恭维他老人家的译文，他不高兴，若说他的译文不好，自然会更不高兴。林琴南因为自己不懂外语，要通过别人口述转译，因此译笔怪怪的，内容是外国的，腔调却是道地的古文，一板一眼，都暗合桐城派古文的章法。同时代人喜欢林译，不排除两个原因，既欣赏林典雅的文字，又喜欢洋人离奇的故事。外国文学输入中国，必须经过林译这样一个过渡，否则过于直接，突然就来大白话，识字的文化人受不了。

林琴南的悲哀，在于后人事实上只能记得他的翻译。他或许真正地风光过，在高等学府中谈文章作法，书店里的译著畅销，替达官贵人写篇墓志铭可以拿到许多银子，但是即使是在当时，认真琢磨他文风的人也越来越少。文章仅仅自视高古没有用，写出来没人看都是狗屁。很多人不过是借助他的文笔看外国故事，桐城古文做法成了一种看了就扔的包装盒，人们最初还是因为喜欢他的文字，去看《巴黎茶花女遗事》，很快买椟还珠，心思全到了外国的人和事上。以个人的文章论，林琴南基本上应该属于圈子里的人物。他的文章作法不可能产生巨大的世俗影响，他的思想是陈旧的，甚至很迂腐。没有人注意到他借助外国小说，贩卖自己文章作法的苦心，所谓"虽译西书，未尝不绳以古文义法"，在这方面，他真是白用心了。

翻译文字带来的巨额稿酬是林琴南羞于提起的事情，这是他的心病，也是为什么别人表扬他的译文会不高兴的要害。林琴南翻译的速度很快，颇有些像今日的东方快车软件，与他合作的"口述者未毕其词，而纾已书在纸，能限一时许就千言，不窜一字，见者竞诧其速且工"。他每日工作四小时，可以写成五六千字，翻译的小说多达一百五十九种。作为一派文章的代表人物，他在炉火纯青的时候，遭到了两次迎头痛击，后一次大家都很熟悉，那就是白话和文言之争，被北大几位新派教授好好地羞辱了一番，在这场争论中，气势汹汹的林琴南被称为桐城余孽，显然处于劣势，而且随着时间推移，他越来越是个反面人物。

另外一次争论早被大家淡忘，也是针锋相对，和晚清另一位重要人物章太炎的遭遇战。章太炎的学问远在林琴南之上。林琴南的宗派思想很重，顽固保守，唯我独尊，他不是桐城人，却成了桐城派的护法使者，非桐城的文字不入法眼，动辄韩柳欧苏，重唐宋而轻魏晋，八大家之外没什么别的人。章太炎作为一代古文大师，满脑子革命思想，尤好魏晋文章，他的弟子受其影响，多少都有些魏晋风骨。在章太炎看来，林琴南认为唐以前的古文不可学，实在是可笑的胡说八道，不值一驳。谁想独霸文坛都是痴人说梦，桐城派在文坛的影响日渐衰落，终于失去了在京师大学堂的霸主地位，代替桐城占据北大讲席的是章太炎的弟子。章门弟子分成两派，一派成为新文化运动的主将，以周氏兄弟为主，加上钱玄同和许寿裳，另一派继承章氏旧学衣钵，如黄侃和马裕藻，在小学方面取得十分突出的成就。章门弟子无论新旧，都不把林琴南放在眼里。

林琴南的晚年非常寂寞，桐城派声誉在文坛上一落千丈，他的翻译小说虽然倾倒无数读者，但是他最得意的文章义法，已没有人愿意提起。他不过是个举人，以封建社会的标准，算不上什么大的功名，到了民国，他的守旧更成为一种笑柄。作为一个过了气的人物，回首平生，只有和妓女们的一些交往，还可以作为谈资。七十自寿诗中，他酸溜溜地写道：

> 不留宿孽累儿孙，不向情田种爱根。
> 绮语早除名士气，画楼宁负美人恩。

事实上他从不回避自己的艳遇，在《冷红生传》中，说早在少年时，就“力拒奔女”，后来“以文章名于时”，“有庄氏者，色技绝一时，夤缘求见”，以身相许，他断然拒绝，而“邻妓谢氏”，烧了美味佳肴勾引，也不为所动。林琴南一生艳遇不少，都是主动送上门的，却能坐怀不乱，没有在现实生活中演绎中国的茶花女故事。谈到和妓女的关系，他老人家有一套不同于常人的见解，认为美人是玉，必须好生爱惜，必须为其终身考虑，如果强取美人为伴，等于抱玉殉葬，“必令其摧挫无欢，坐待孀独”，如此这般，不过是“图淫”而已：

> 余一生不履妓寮，正以触目皆可怜之人，又多蠢蠢不审为终身托人者，故绝迹弗往，此亦君子远庖厨意也。

林琴南老婆死得很早，娶了一个妾照料生活，在男女问题上，应该算很检点。有人读了《巴黎茶花女遗事》，根据那些至情的文字，认定他是个风流情种，这只是想当然。林琴南应该是很有钱，他到处买房子住，在西湖边，在京城，除了翻译挣大钱，他的画也颇有名，仅仅靠卖画，就能过上挺不错的日子。他的版税举时无双，因为译文名声太大，带动了画价，“沽者麇至，幅直数十饼金”。林琴南晚年有一个不小的书房，左右各放一张桌子，一个作画，一个译书，这边画完了，就到那边去译书，即使来客人也不影响工作。大约这两件事情对于他来说，实在太容易，根本不在乎打扰。当时的名人陈石遗曾戏称他的书房为造币厂，因为只要开工，便有源源不断的银子进账。

林琴南最得意的是他的《畏庐文集》，还有《韩柳文研究法》，这些文章浸透了他认为足以传世的古文义法，可惜只是一厢情愿。事物发展不以人意志为转移，一百年过去了，没多少人愿意去琢磨他的文章作法，像我这样的俗物，能记住的也是商务印书馆的林译小说，是《巴黎茶花女遗事》，以及这些翻译小说挣了很多钱。

严　复

严复也是福建人，比林琴南小两岁。他曾写诗赞扬过林琴南，其中有这么两句：

可怜一卷茶花女，断尽支那荡子肠。

在严复看来，这不过是应酬的客套话，因为内心深处，严复看不上不懂外语的林琴南。林琴南对严复也有隔阂，他写诗贺严复六十岁生日，同样是客套话：

盛年苦相左，晚岁荷推致。

互相说客套话本是文人之间的游戏，然而康有为为林琴南的一幅画题诗，说了一句“译才并世数严林”，一下子得罪了两个人，把两人面和心不和的这层纸给捅破，游戏规则就此被打乱。严复觉得康有为活糊涂了，不辨是非，林琴南能算什么译才，他一个洋文也不识，让这样的人和自己并称，简直就是人格污辱。严复不高兴，林琴南也不高兴，严林并称，无缘无故已排名在严复之后，岂有此理，他是个心高气傲的人物，如何受得了这种委屈。在给朋友的信中，林琴南说严复竟然敢轻视他，甚至“当面诋毁”，是可忍，孰不可忍。

严复是学海军出身，以资历论，他是海军的老前辈。在晚清，福建人习海军是传统，冰心的父亲就是学海军的。同样是学海军，中国和世界列强不一样，帝国主义为了扩张和侵略，中国的海军名义上保家卫国，实际上只是个摆设。严复所在的学校叫福州船政学堂，是中国最早的海军学校，几年里，培养了不少海军人才，近代中国海军的大部分舰艇管带，许多海军学堂的教师，以及造船厂的高级技术人员，都出自这所学校。严复是这所学校的第一期学生，后人所熟悉的甲午海战中阵亡的邓世昌，便是严复的同学，而中国海军的著名人物萨镇冰要低一届。严复学海军的时候，才十四岁，学了五年，毕业了，分配在扬武舰当实习生。当时正处于中国海军的草创时期，舰长是一位英国人，扬武舰在他的带领下，巡航南海、黄海，还到过日本。从时间上来说，中国海军的起步，比日本略早，扬武舰抵达日本，出来看热闹的人山人海，中国海军因此猛出了一次风头。

光绪二年，严复被派往英国继续深造海军，学习战术和炮台建筑，似乎都是些很专门的功课。此时，日本也开始派人留学英国，著名的伊藤博文便在欧洲考察海军。历史注定了中日两国海军有着不同的前途，随着时间的推移，中国海军从略强于日本，到越来越走下坡路，严复个人的命运，也发生了一系列的戏剧性变化。光绪六年，李鸿章创办北洋水师学堂，聘请刚回国的严复担任总教习，以后又升任总办，这时候他才二十多岁，年轻有为，前程似锦。

可惜这一代学海军的人，注定不会有大出息，因为大清朝的腐败，已烂到了骨子里。日本人成了中国人的心腹大患，如果不加速海军的发展，同在西方学习海军的日本同学，将走到中国人的前面去。这是大家不愿意看到的结局，然而又是一个必然的结局。中国海军的脸面，很快在甲午中日大海战中丢失殆尽。这一场恶战，中国海军的本钱输光了，朝野一片责怪之声，第二年，清政府撤销了海军衙门，当时的直隶总督王文韶干脆上了一道奏折，要求裁撤北洋海军的三百一十五名军官编制。中国海军获得了一个罪名，是“欲御侮而适以召侮”，中国没海军也罢，有了海军更麻烦，既然如此，不如“自安孱弱，静以待时”。严复成不了一代海军名将，英雄无用武之地，临了只好弃武就文，到文化人的圈子里来混。

林琴南翻译《巴黎茶花女遗事》，风靡了一大群痴情男女，这种靠小说讨好读者的事情，严复是不愿意干的。他是武人出身，对风花雪月看不入眼，而且相信小说会越看越没有出息，临了不过是儿女情长，英雄气短。严复选择了西方的社会学著作，成了一名现代文明的窃火者，梁启超因此称他为“清季输入欧化之第一人”。从时间上看，严译《天演论》是一八九八年，比林琴南略早几天。林译小说以情动人，严译著作以理服人，他的《天演论》在思想方面，给一代中国人巨大的冲击。这一年正是戊戌变法之年，“物竞天择，适者生存”的进化论观点，成了现成的改革口号，此后许多年里，救亡图存的观念深入人心，就思想启迪而言，严译要比林译更有意义得多。

就在翻译《天演论》的同一年，严复给光绪皇帝写过一封万言书，把今日世界和中国古代战国做了比较，指出春秋战国时期重视兼并，而现在各国讲究平权，当时的小国如宋，如中山，都被七雄灭了，如今的一些小国，如荷兰，如瑞士，却依然能够瓦全于世界列强之间。因此，事在人为，只要中国自强，西方列强“所求于我者，不过通商之利而已”，如果中国老是自己不争气，永远不能自立，“则以此五洲上腴之壤，而无论何国得之，皆可以鞭笞天下”，于是“中国自主之权失，而后全球之杀机动也”。一句话，中国若亡，完全是自己造成的。由于大权掌握在慈禧太后手中，光绪皇帝对严复的这封万言长信，做出什么样反应，不得而知，随着戊戌变法的失败，严复郁郁不得志，最后只能潜心译书。

严复的翻译比较有系统，他懂外语，所以不像林琴南那么离谱，逮着什么是什么。有趣的是，虽然两人互相看不上眼，在中文上却是同一个路数，都是桐城文体。严译的精彩曾广为人赞叹，鲁迅先生最初接触到严译文章，正在南京读书，他说自己当时“一有闲空，就照例地吃侉饼、花生米、辣椒，看《天演论》”。这本书深深地打动了青年鲁迅，对他一生都起着十分重要的影响。谈到严复的翻译，通常要说的是他的“译例言”，即后人屡屡要说的信、达、雅。三个字成为翻译界的老生常谈，有一个现象很少说到，这就是作为一种再创作的文体，严译和林译影响了一代人的写作文风。苏雪林曾提到林觉民的《与妻书》，其文字非常形似林译小说中的抒情，而鲁迅早期的文言文，在说理方面，也有着明显的严译的影子。钱基博老先生谈到清末民初的文风，把严译称为“逻辑文”的代表，可见当时写文章议论说理，就应该学严复。林译和严译是中国古代散文的绝唱，是桐城派古文喘的最后一口气。

严复在戊戌变法时，和康有为梁启超气味相投，到后来又互相看不惯。严复和林琴南一样，都是当时著名的持不同政见者，身上沾满了名士气，两人皆以保守著称，或许时代发展太快，他们的观念来不及更新。严复对民国以来的任何政治运动，一概持反对态度，他牢骚满腹，看谁也不顺眼，对孙中山，对袁世凯，对辛亥革命，对五四运动，都要倚老卖老说些不中听的话。让人深感疑惑不解的，是他为中国介绍了大量西方资本主义文明思想，然而在对待民主、自由、共和、平等这些常见名词上表现了极度保守主义的观点。严复成了个悲观主义的老厌物，他的思想很简单，说穿了一句话，西方的好东西，对中国未必实用，好东西拿到中国来，十有八九会被糟蹋坏。

严复甚至对推翻帝制，也有着常人所不同的见解，认为推翻大清朝未必是什么好事。他不是保皇党，从来就没有动过殉清的念头，只是反感革命，反对空口说爱国，说自由。由于对西方有很深的了解，严复非常善于用西方名人的观点来支持自己，譬如英儒约翰孙所言："爱国二字，有时为穷凶极恶之铁炮台。"又譬如罗兰夫人的话："自由自由，几多罪恶，假汝而行。"他成了当时最著名的乌鸦嘴，专门发表不中听的议论，谁都敢骂。好在没人愿意和学贯中西的严复斗嘴，反正皇帝已经没有了，想怎么说就怎么说，说了也是白说，不搭理他就是最大的惩罚。

严复一世的英名，毁于"筹安会"六君子。他反对共和，反对取消帝制，并不代表赞成帝制。历史和他开了一个不大不小的玩笑，他大约也没想到后果的严重性，别人要借他的名字用用，他索性名士风度，挂名就挂名。事实上，严复列名"筹安会"，劝进袁世凯当皇帝，完全是上了杨度的当。谁都知道严复无意官场，纯粹是瞎起哄，因此当局后来通缉"筹安肇首"，有意将他排除在外。据说通缉令颁布之前，盛传要抓他坐牢，林琴南匆匆赶到他家，劝他逃走。严复毅然拒绝，说：

> 吾俯仰无愧怍，虽被刑，无累于吾神明。庸何伤！

他表现得很英勇，很正气凛然，然而赞成袁世凯称帝，毕竟为千夫所指，举世鞭挞，是个人名誉上永远洗不掉的一个污点。一失足，千古恨，严复对中国现代化的进程，起过重要作用，后人长时间不愿意提起他，有意无意想把他忘了，显然和晚年列名“筹安会”六君子有关。

刘半农

刘半农是江阴人，我在江阴待过三年，总觉得此地的乡音有些滑稽，硬绷绷的，缺少拐弯抹角，在吴侬软语中，也算是独树一帜。周作人形容刘半农，说他“头大，眼有芒角，生气勃勃，至中年不少衰”。头大，好理解，眼有芒角，这是怎么一回事，还真想不明白。刘半农和周作人相识，周三十三岁，他自己才二十七岁，说起当时的情形，刘曾很生动地说：

> 时余穿鱼皮鞋，犹存上海少年滑头气；岂明则蓄浓髯，戴大绒帽，披马夫式大衣，俨然一俄国英雄也。

一想到刘半农，我的脑海里立刻就冒出大脑袋瓜和鱼皮鞋。

我见过刘半农在法国留学时的照片，手上拿着一顶礼帽，半坐在铁栏网的栏杆上，脸上似笑非笑，脑袋不算小，却也没有大得失去比例。一身笔挺的西装，脚上一双半高帮的皮鞋，自然也不是鱼皮鞋了。我不知道鱼皮鞋是如何模样，是指式样，还是指质料，如果前者，有两种可能，一是整体造型相似，一是有鱼鳞一样的花纹，如果后者，就得鳄鱼皮才行。看照片是写实，实在了，反而不知如何说才好。照片太真实，让人没什么想象，有时候还不如文字来得生动。

刘半农的天下，最初是在上海滩打出来的。他在当时被称为鸳鸯蝴蝶一派的文学刊物上，写了各式各样的小说，这些小说被冠名为“滑稽小说”“侦探小说”“醒世小说”“哀情小说”“言情小说”，写着写着，便玩起了深刻，又写“历史小说”和“哲理小说”，这些五花八门的小说究竟如何，我一篇也没看过，不敢乱批评，然而小说的那些花里胡哨前缀，都赫然写在他的年谱上，绝不是我的杜撰。一九一六年，刘半农开始在《新青年》上发表文章，因为这个缘故，他受蔡元培之邀，成了北大的一名教师。他到北京干的第一件流芳百世的事情，就是和钱玄同唱了一出双簧，这是大家都熟悉的事情，不值得多说。

值得一说的，他虽然是文学革命的功臣，是《新青年》杂志的一名骁将，却有勇无谋，话一往深刻里说，就露出小说家的浅薄来，因此颇有些人看不起他。鲁迅比较他与陈独秀和胡适的区别，说如果将韬略比作武器仓库的话，陈独秀的风格是仓库门大开，里面放着几支枪几把刀，让别人看得清清楚楚，外面则竖一面大旗，旗上写着："内皆武器，来者小心！"胡适的做法是库门紧关，门上贴一张小纸条，说："内无武器，请勿疑虑！"这两位都是高人，一般人见了，望而生畏，不敢上前。刘半农没有什么韬略，他没有武库，就赤条条的一个人，冲锋陷阵，愣头愣脑，所以鲁迅说陈胡二位，让人佩服，刘半农却让人感到亲近。在《新青年》圈子里，他功底或许算是比较弱的一个人，这种弱，换句话说，也就是上面说的浅。那年头的北大，人才济济，藏龙卧虎，活跃于《新青年》杂志周围的一批人，大都是留日学生，譬如陈独秀，譬如李大钊，又譬如周氏兄弟和钱玄同，胡适不是留日的，可人家是留美博士。

刘半农没出过国，这是一块心病，《新青年》因为他的"浅"，甚至都不用他的稿子，他于是生气，就去了法国，在那苦读六年，终于扬眉吐气，混了个洋博士回来。他的博士含金量较高，是正经八百的"法国国家文学博士"，由于昔日遭讥讽的苦闷，他便自封"国家博士"，这头衔有点像今天的"国家一级作家”，说起来便可笑，也很可悲。他的目的，是为了和国外一些私立学校的博士有所区别，但是这么做，仍然不改一个浅字。知道他为人的朋友，懒得和他顶真，确实有人只是为赌气，才当了博士，这就仿佛有的寡妇为赌气，苦苦守节一辈子，遭罪的还是自己。不过，人活一口气，有时候，存心赌赌气也很好玩。

为了当年的一箭之仇，刘半农和英美派留学生，关系一直不太好。对徐志摩，对陈源，他都狠狠地挖苦过。当年别人看不起他，他自己也心虚，现在知道吓唬人的“洋博士”的真相，因此逮着机会，就要狠狠刺一下，猛出别人洋相。人吵架，难免意气用事，而用文章来互相攻击，他有上海滩混过的根底，有一篇文章骂倒“王敬轩”的功力，英美派的绅士们，没有一个是对手。好在他没有把精力都放在吵架上，去法国留学是赌气，然而人真到了那里，一待就是六年，当然不可能总是生气。他在法国是货真价实地苦学，赵元任夫妇去巴黎玩，曾目睹过他当时的窘状。刘半农出国那年，已经三十岁，带着妻子女儿，在国外靠一个人的公费过日子，苦得不成样子。战后的欧洲十分萧条，通货膨胀，货币不停地贬值，那点可怜的公费到留学生手上，早就三钱不值两钱。杨步伟在自传中，记述大家分手时，特地拍了一张全家福作为纪念，大家坐在地板上，都伸出手来，做出乞讨状，以记录当时的穷困。刘半农女儿那时候只有十岁多一些，已经是在街上买便宜货的好手，关于这一段生活的描写，可惜在刘半农的文章中见不到。

后来扬名于国内的许多大教授，当时在国外苦读，都是苦得不堪回首。像陈寅恪，像徐悲鸿，谈中国历史的时候，常常会说当年红军爬雪山过草地不容易，其实中国的读书人，也怪可怜的。好在历史还是愿意给人良好的回报，吃了十年寒窗苦，不说可以人上人，至少是和不吃苦，结局大不一样。刘半农在巴黎学的是“语音实验”，这是一门全新的学科，多少含有一点高科技成分，起码当时是这样。中国的语音学研究方面，刘半农做出过极其突出的贡献，而这种贡献很容易默默无闻，很多人或许知道，刘半农发明了“它”和“她”这两个常用字，但是对于语音的摸索和实验，一般都不太明白。事实上，在这方面，他的研究卓有成效，还是在法国的时候，他就经巴黎大学语音学院院长提名，成为巴黎语音学会会员，他的博士论文《汉语字声实验录》荣获“康士坦丁·伏尔内语言学专奖”，是由《法国最高文艺学院公报》宣布的。

刘半农是个兴趣广泛的聪明人，写过一大堆小说，喜欢摄影，出过影集，喜欢写字，常临一种很冷门的帖，喜欢编书，既编古书，也编时髦的副刊，还喜欢谈文法，谈音乐。他的弟弟是著名的音乐家刘天华，既能作曲，又能拉一手很漂亮的二胡，刘半农自己好像也会一点音乐，强项却是填歌词，今天仍然经常可以听见的歌曲《教我如何不想他》，就是他作的词。在法国时，他曾花了半年的时间，一头扎进巴黎国家图书馆，抄录该馆所藏的我国敦煌史料。刘半农的杂文当然更有名，能成一家之言，虽然浅，但是清晰可见到底，明白如话，没一句让人不懂的地方。他后来似乎有些改变，年轻时的锐气大打折扣，嬉笑怒骂少了，多了一些遗老气，动不动就写打油诗，挖苦年轻人，也由此遭到年轻人的指责。除了打油诗，他更多的是写《声调之推断及“声调推断尺”之制造与用法》一类的文章，抗日救亡运动如火如荼，这类专门文字，更不会让年轻人喜欢。然而刘半农也顾不了这些，因为他的性格，是从来不怕骂的，人活着，哪能不挨骂。

刘半农从法国带了大量的科学仪器回来，事必躬亲，一会儿去故宫测试所藏古乐器的音律，一会儿去西北研究民俗，为各地的方言录音，收集俚曲小调，忙得不亦乐乎。他大约知道自己兴趣广泛，想做好一件事，必须改邪归正，必须从小处着手，要“扎硬寨，打死仗”，因此回国以后，把研究方向牢牢地定位在语音上面。他打算编一本《四声新谱》，把中国重要方言中的声调，用曲线画出来，同时还要参照法国《语言地图》的办法，编一本中国的《方言地图》，这些都是极有意义的事情，真做出来了，功德无量。可惜做到一半，就在考察的途中，得了回归热，一种不大不小的毛病，大约蚊子之类的害虫传染的，按照好友周作人的说法，本来可以治好，却被中医所误，结果丢了性命。

钱玄同

把钱玄同和刘半农放在一起谈，最自然不过的事情。不仅仅在于他们一起唱过双簧，文学革命问题上大闹了一把，而且在于就此成为志同道合的战友，许多观点颇为一致，奋斗方向大致相同。在语言学领域，钱玄同比刘半农更加离经叛道，刘半农还讲什么试验，还搞什么探索，钱玄同想法最干脆，他的观点是取极端，彻底废除汉字，走拼音的道路。

钱玄同的身世颇为奇特，对于今天的人来说，大家所熟悉的物理学家钱三强，是钱玄同的二公子。钱家出了不少名人，茅盾曾回忆说，他在湖州读中学的时候，有一天来了个老头，临时代理校长之职，这老头做过大清的外交官，学贯中西，听了听学校的课，对所有的课程都不满意，尤其批评英文教师发音不准确。英文教师是个好闹的角儿，因此就鼓动全体教师罢教，以示威胁。没想到老头也是个倔脾气，听说老师罢教，叫学生依然上课，他找人来代课，便不避嫌地把自家的两个年轻人喊了来，一个教英文，一个教国文，这两个年轻人，一个是钱稻孙，一个是钱玄同，都是十八岁，前者是老头的儿子，后者却是老头的弟弟。这种组合很有意思，两个人虽然年轻，水平都很厉害，给茅盾留下了很深印象。

钱玄同出生的时候，父亲已经六十五岁，难怪会有一个大三十四岁的大哥钱恂。父亲死时，钱玄同还小，长兄为父，因此他对大哥钱恂很畏惧，钱恂是晚清的名人，曾在日本、俄国、法国、意大利、荷兰等国做过外交官，知道清人怎么回事，所以思想颇开放。钱稻孙从辈分上说，是钱玄同的侄子，他是著名的外国文学学者，名教授，通好几国文字，还懂医学，抗日战争期间和周作人一样，下过水，当过伪北大的校长，因此后来有些狼狈。钱稻孙比钱玄同多活了二十多年，一九六六年死于“文化大革命”。

钱玄同是章太炎的弟子，三十年代初，他已经是很有名的教授，章太炎来北京讲学，他执弟子礼甚恭，鞍前马后唯唯诺诺，亲自为老师翻译，因为章的浙江话，很多北方同学听不懂。他的这种举动，一时传为尊师的美谈。其实他也只是做做样子，根据旧的家法，像他这种有违教诲的弟子，早就应该逐出师门。章太炎当年在日本授徒，有一批高足，除了大弟子黄侃，最得乃师真传，其他的几位，虽然日后都名声赫赫，譬如鲁迅周作人，譬如钱玄同朱希祖，却没有一位乐意继承章太炎的衣钵。

钱玄同身上很有些弑父情结，检阅五四一代人，都激烈偏执，像他这么极端，还真不多见。他自号“疑古玄同”，对过去的大师，常持坚决否定态度。作为古文派大师章太炎的入室弟子，钱玄同受老师影响，有非常高的古文经学造诣，然而他后来也拜今文经学大师崔适为师，并自称“乃始专宗今文”。实事求是地说，对于古文和今文，钱玄同都是背离师门的逆徒。二十年代初，钱玄同和大学刚毕业的顾颉刚讨论今古文，以《聊斋志异》上的故事举例，说明他们这一代学人治学应该有的态度。书生桑生先后接纳了两名奔女，这两个不安分的女人，老是互相攻击，一个说对方是鬼，一个说对方是狐，桑生起初以为她们只是妒忌，说着玩玩，经过一段时间的考验，发现她们果然是鬼是狐，事实证明两个女人说得都对。这个故事正好可以用来面对今古文之争，今文学家说古文经过刘歆伪造，说的是对的，古文学家说今文不符合孔子的意思，也是对的，因此，现代学人今天要做的事情，就是用古文学家的观点来批评今文学家，用今文学家的观点批评古文学家，从相互指责之中，把各自的假面目一一戳破。

回顾五四时代的人物，总忍不住感叹，怎么都那么厉害，通今博古，要什么有什么。那一代人喊断裂，手上多少有些断裂的本钱，是看透了旧的把戏，不像今天的人，肚子里空空，声嘶力竭地要断裂，至于真想断裂什么，心里一点谱也没有。打狗也要有根打狗棒，贺龙闹革命还有两把菜刀，没本事偏要瞎闹，闹出多大的动静也是狗屁。钱玄同的旧学十分了得，像他这样的弟子，做老师的想恨都恨不起来，他提倡废除古文，甚至要废除汉字，不是因为自己不行，而是为了要让后人学起来方便，是纯粹为后人着想。钱玄同能写一手漂亮的隶书和篆字，曾用小篆抄写章太炎的《小学问答》刻印出版，这事遭到了鲁迅的指责，认为像他这样激烈的人，不该这样复古。

人的本事大了，难免恃才傲物，章太炎就常常不可一世，他的几位弟子，老实说脾气都不小，搁一起便磕磕碰碰。先是大弟子黄侃和几位闹文学革命的师弟斗气，当时，鲁迅兄弟和钱玄同是一个壕沟里的战友，一方坚决反对白话文，一方猛烈攻击文言文，都不以对方为然。三十年代初，章太炎带着黄侃到北京讲学，钱玄同对老师毕恭毕敬，小心翼翼，对师兄却根本不买账。有一天，在章太炎住处，黄侃开玩笑地对钱玄同说：“二疯！你来前，我告你！你可怜啊！先生也来了，你近来怎么不把音韵学的书好好的读，要弄什么注音字母，什么白话文。”钱玄同顿时翻脸，拍着桌子厉声说：“我就是要弄注音字母，要弄白话文，混账！”黄侃也是出名的坏脾气，一时下不了台，索性和他大吵，章太炎闻声赶来，哈哈大笑，排解说不许再争什么注音白话文，都给我念日语字母。章的意思十分明显，想想当年在日本一起学习的同门之谊，有什么好吵的。

钱玄同不仅和黄侃心存疙瘩，和鲁迅后来闹得也不愉快。他们既是师出同门，又一起在《新青年》上打打杀杀，临了却分道扬镳。众所周知，鲁迅写小说，是因为一个叫金心异的人教唆，金心异就是钱玄同。那时候，鲁迅埋头古籍，整日抄古碑，是钱玄同把鲁迅从古书堆里拉了出来，促使他成为新文化的一面旗手。可是钱玄同似乎更愿意和周作人做朋友，对鲁迅则敬而远之。鲁迅在《两地书》中曾有这么一段话：

> 途次往孔德学校，去看旧书，遇金立因，胖滑有

加，唠叨如故，时光可惜，默不与谈；少顷，则朱山根叩门而入，见我即踟蹰不前，目光如鼠，终即退去，状极可笑也。

这里的金立因，就是钱玄同，朱山根是顾颉刚。《两地书》如果只写给许广平看看也罢，偏偏是要发表出来的，钱玄同不去看鲁迅的情书，自有好事者看了会告诉，于是钱玄同也颇愤怒，说“胖滑有加”不能算罪名，而“唠叨如故”也没办法，他们在北平曾相处十三年，见面无数次，那时不嫌唠叨，现在却嫌弃到“默不与谈”的地步。早知今日，何必当初，难怪钱玄同生气，想当年他们的关系是如何亲密，在日本跟章太炎学《尔雅义疏》，钱玄同喜欢在席上爬，鲁迅曾给他起了个绰号叫“爬来爬去”。好多年以后，鲁迅给周作人写信，还说：

见上海告白，《新青年》二号已出，但我尚未取得，已函托爬翁矣。

爬翁即是钱玄同，这至少说明他们当年经常开玩笑。鲁迅死了以后，钱玄同写文章纪念，不愿多谈对方的不是，然而对鲁迅情书中的那几句话，依然耿耿于怀。因此，他只说他们之间曾经很投机，说鲁迅“治学谨严”，但是“多疑，轻信，迁怒”。对于曾经大吵过一架的黄侃，在他死后，钱玄同的评价是“小学本师传”，“文章宗六代”，说他是同门中的“隽才”，这里面显然有客气的成分，因为毕竟走的不是一条路。道不同，则不相为谋。客观地说，钱玄同和鲁迅还应该算是同路人，他们的方向大致相同，只是在小岔道上有些分歧。人各有志，钱玄同的奋斗目标，和刘半农一致，是语音方面的革命。刘半农带着大批科学仪器，从法国载誉归来，钱玄同曾非常激动，因为他们才是真正的知音。按照钱玄同的设想，汉字这劳什子，迟早非把它送进博物馆不可。

朱自清

朱自清先生的《背影》，差不多是识字的人，就一定读过。文章结尾处又一次写到背影，差不多是点题的意思，“我读到此处，在晶莹的泪光中，又看见那肥胖的，青布棉袍，黑布马褂的背影”。儿子像父亲，印象中，朱自清也应该是这么一个背影。我见过他写《背影》时的照片，胖胖的，很憨厚的样子。他的朋友说起来，总说他不高的个子，白白的，人长得结实，做事认真，喜欢喝一点酒。当然是抗战前，抗战后，刚刚五十岁的朱自清成了一个瘦老头，体重只有三十多公斤。

这或许是中国教授们抗战前后的最好写照，抗战前，教授绝对是个人物，吃香喝辣，生活优裕，可是和日本人一打仗，教授便从神坛上走了下来，为衣食操心，像闻一多，因为穷，竟然靠替人刻图章贴补家用，他当时的润例是“牙章每字一千元，石章每字六百元”。闻一多学美术出身，早年喜欢雕刻，有了这种技艺，因此可以得意洋洋地成为“手工业劳动者”。朱自清没有这样的本事，至多也是到中学里去兼课，他的胃病早在昆明时就很厉害，如果当时有条件医治，结果就完全不一样。

日本人打败了，中国人的日子并没有立刻好起来。通货膨胀弄得民不聊生，美国人有些看不下去，规定在美援的份额中，必须有一部分用来拯救中国高级知识分子。据说朱自清最后借钱做的手术，刚开始以为是盲肠炎，后来发现仍然是胃溃疡，已经破了一个洞，一切都太迟了，进医院再也没出来。他临死时曾对夫人说，自己在拒绝美援的宣言上签过字，大丈夫一言，驷马难追，无论日子怎么难过，坚决不买政府配售的美援平价麦粉。朱自清拒绝美援的理由很简单：

> 为反对美国之扶日政策，为抗议上海美国总领事卡德和美大使司徒雷登对中国人之污蔑侮辱，为中国人民之尊严和气节，我们断然拒绝具有收买灵魂之一切舍施物资，无论为购买或给与的。

这种声明颇有些赌气，人活一口气，该赌气的时候还是得赌。挨饿的滋味固然不好受，然而也不能为了肚子就不顾原则，高风亮节的陶渊明不为五斗米折腰，苏格拉底被人诬告，他的学生劝他逃跑，他拒绝了，理由是自己是一名遵纪守法的公民，与其违法而生，不如遵法而死。

闻一多的性格，按中国老派人的说法，属于狂，张狂的狂，闻是一座火山，要爆发就爆发。朱自清一点也不狂，在气质上更近于狷，狂者进取，狷者有所不为，闻是拍案而起，朱却只是拒绝。郭绍虞先生说闻是“嫉恶如仇”，朱是“从善如归”，严格意义上讲，这两个人并不是一路货色。王瑶先生曾经说过，朱自清和闻一多之间的私交，“并不如一般所想象的那么深”，闻一多遇难后，为了出版《闻一多全集》，在两年多的时间里，他“无时不在为闻先生的遗作操心”，直到死前一日，还在为此事烦神。他这么做，绝对不仅仅是因为私谊，很重要的一点，是他觉得闻的遇难是中国学术界的大损失，而出版全集可能是对这种损失的一种弥补，是对死者的最好祭奠。

三十年代鲁迅到北京省亲，各大学闻讯，纷纷派人去邀请讲学，朱自清以系主任的身份，亲自出马，好不容易见到鲁迅，却被拒绝。朱不死心，三天以后又一次去请，仍然被拒绝。鲁迅这次省亲在北京待了十多天，分别去五所大学做了演讲，偏偏冷落了清华，朱自清一定觉得很没面子。鲁迅的倔有时是很难解释清楚的，他到了北京，碰到胡适，胡开玩笑说他又卷土重来，鲁迅立刻翻脸，说我马上卷土而去，绝不抢你饭碗。胡被他弄得很狼狈，只好涎着脸说你还是老脾气不改。鲁迅对清华出身的人没什么好感，朱自清没有招惹过鲁迅，但是只好代清华受过。我查过朱自清日记，想看看他当时的感受，除了“访鲁迅，请讲演，未允”之外，没别的记录。

朱自清是一个十分平和的人，对于属于五四时代的人来说，平和不是什么好事，因此他取字“佩弦”，意思要像弓弦那样将自己绷紧。可是江山易改，本性难移，显然只是良好的愿望而已。吴组缃曾说过一件事，一位学生打电话到朱自清家，说有几本要看的书找不到，让朱速去图书馆帮着找一找。朱自清似乎有些生气，因为这实在没什么规矩，差遣系主任犹如使唤老妈子，然而学生的没规矩，又充分说明平时并不太把没架子的朱自清放在眼里。大家的印象中，朱既没架子，又太认真，很多学生都怕上他的课，汪曾祺就说过朱的课太枯燥，而且分数给得十分抠门。朱自清的文学批评课曲高和寡，选修的学生极少，有时是三个人，空旷的教室里只有三个人，朱一样要点名，他就是这么一丝不苟。

有关朱自清做人的认真，很多文章中提到。他始终是个谦谦君子，对什么人都毕恭毕敬，天忽然转凉，妻子怕他冻着，让刚上小学的小女儿去学校送衣服，他接过衣服，会当着众人的面很认真地对女儿说“谢谢”。这一代人在思想上绝对趋新，习惯上却常常从旧，朱自清以散文闻名，也写新诗，和朋友交往，更愿意用旧诗唱和。他从来不发表自己的旧诗，大约觉得这是应该淘汰的玩意，写了只配给朋友看，以手抄的形式在私下流传。朱自清最知心朋友应该是俞平伯，但是与他有旧诗唱和的人却不在少数，譬如吴宓，他们是清华多年的同事，朱丧妻再娶，婚后很幸福，吴一直很羡慕。有一次，吴感慨中连写两首诗，一首怀念与前妻所生子女，一首是写给毛彦文女士，吴从不隐瞒自己对毛的追求，他甚至公开发表自己的情诗，但是他只给朱看前面的一首诗，也许觉得在这方面，朱和自己会有同感，因为也有前妻生的子女，至于后一首，想到朱那么严肃正经，还是不让他看为妙。

通常熟悉的都是朱自清前期的散文，就文章而论，朱后期的散文比前期的更好。一个人一生的努力，常常会被影响所害，朱的一些所谓代表作都在前期，大家熟记了这些篇目，因此也就不太在意他后期的作品。其实朱自清一直在努力克服自己早期散文中的缺点，这些缺点或许由于他为人太好的缘故，很少有人指出。对于研究者来说，发现这些缺点并不十分困难，朱自清前期散文首先是难免造作，譬如《匆匆》，譬如《荷塘月色》，都有堆砌辞藻追求华丽的毛病，而《阿河》这一篇，在对一个年轻女佣的描写上，活脱创造社的腔调：

> 这全由于她的腰；她的腰真太软了，用白水的话说，真是软到使我如吃苏州的牛皮糖一样。不止她的腰，我的日记里说的好："她有一套和云霞比美，水月争灵的曲线，织成大大的一张迷惑的网！"而那两颊的曲线，尤其甜蜜可人。她两颊是白中透着微红，润泽如玉。她的皮肤，嫩得可以掐出水来……"我很想去掐她一下呀！"她的眼像一双小燕子，老是在滟滟的春水上打着圈儿。

新文艺腔是朱自清后来坚决要去掉的东西，这也是新文学的通病，他在语文教学上投入了很多精力，目的就是为了消灭这种拿腔拿调。把《荷塘月色》选进中学教材不是什么明智之举，因为弄不好便会对学生起误导作用，以为好作文就应该这么写。在朱自清前期散文中，优秀的是那些充满真情实感的文章，如《背影》，如《给亡妇》，在“才”和“情”中，以情感动人才是文字艺术的基石。但是，说这类文章好，并不是一点毛病也没有，他当时毕竟还年轻，整体的新文学也年轻，文字技巧上仍有可推敲之处。《背影》开头一句是这么写的：

> 我与父亲不相见已两年余了，我最不能忘记的是他的背影。

两个“我”中起码可删去一个，“余了”二字也能删，汉字习惯中，“已两年”是模糊概念，可以含两年余的意思，或者索性改成“两年多”。朱自清散文有着极高的地位，评论者曾说，将他的散文作为样板悬置于国门，不能增删一字，我想这种评价或许是指他后期的散文。他一生都在摸索如何写出最地道的语体文，斟字酌句，不敢有一点马虎，后人特别要注意的应该是他的这种努力，否则便难免误解了前贤，可惜了他一生的追求。朱自清最后的几本散文集分别为《标准与尺度》《论雅俗共赏》《语文影及其他》，都是非常经典的文章，值得愿意写好散文的人一读。

闻一多

郭沫若对闻一多先生有个很新奇的比喻，说他虽然在古代文献里游泳，但不是作为一条鱼，而是作为一枚鱼雷，目的是为了批判古代，是为了钻进古代的肚子，将古代炸个稀巴烂。这番话是在闻一多死后才说的，他地下有知，大约会很喜欢。闻一多生前曾对臧克家说过："你诬枉了我，当我是一个蠹鱼，不晓得我是杀蠹的芸香。虽然两者都藏在书里，他们的作用并不一样。"

闻一多的著名，因为写新诗，因为被特务暗杀，这两件事都具有轰动效应，而容易被人忽视的，却是他的做学问，是他对古典文献所做的考订工作。能否静下心来做学问，从来就是一种缘分，不是什么人都能获得这份荣幸。闻一多算不上科班出身，留学前，他学的是外语，去美国留学，学的是美术，业余的兴趣则是写新诗，所有这些准备，和后来的一头扎在古文献堆里做死学问，似乎挨不上边。类似的例子有很多，鲁迅是学海军出身，后来去了日本，转为学医，日后则以写作为生。郭沫若也是学医的，似乎比鲁迅的程度还强一些，朱自清和顾颉刚在北大读书时学哲学，徐志摩当时只是一名旁听生。徐后来去美国克拉克大学学历史，又去哥伦比亚大学学经济，最后读了政治，据说他去英国是为了向罗素拜师学习，但是等他赶到剑桥，罗素由于行为出轨已被除名。

一个人最终是否有所作为，开始时学什么并不重要，闻一多的有趣，在于他做学问的极端。考察他的生平，写新诗和投身民主运动，时间都不长。大多数的时间里，他都是个地道的书虫，是在“故纸堆里讨生活”，抗战期间，西南联大的文学院落脚蒙自，闻一多在歌胪士洋行楼上埋头做学问，除了上课，吃饭，几乎不下楼，同事因此给他取名为“何妨一下楼主人”。按照我的想法，闻一多所以会走做死学问这条路，多少和他赌气有关。闻一多从美国回来，先担任中央大学的外文系主任，后来又任武汉大学的文学院院长，任职时间都不长，其中重要原因，和这两所学校的保守学风分不开。一个写新诗的人在大学里没有什么出路，在老派的教授眼里，仅仅会几句外文和弄劳什子新文学，都是没有学问的表现。

闻一多显然想让那些老派的教授明白，新派出身的人研究古典文献，不仅可能，而且会做得更出色。他身上的矛盾十分突出，一方面，他认为中国的旧书中，压根就没有一点值得保留的东西，声称自己深入古典，是为了和革命的人里应外合，把传统杀个人仰马翻。在一些文章中，他甚至把儒家道家和土匪放在一起议论，“我比任何人还恨那故纸堆，正因恨它，更不能不弄个明白”。他身上保持着真正的五四精神，始终清楚地知道自己应该和什么样的东西断裂，但是，另一方面，中国的传统文化又是那样让他如痴如醉，其痴迷程度和任何有考据癖的学者相比毫不逊色，为了深入研究，他走的是最正统的学术道路，从训诂和史料考订下手，为一个词一个字大坐冷板凳。

认真研究闻一多学术思想的人并不是很多，首先是个难度问题，没有点学问基础，根本就不明白他究竟说了些什么，考据文章对于外行来说犹如天书。今天的人心情大都浮躁，不可能像他那样陷进去，有人就算陷进去了，也是一种书呆子似的陷入，稀里糊涂一头钻进去，变得很愚蠢，再也拔不出来。今天从事古典文献研究的人并不在少数，以研究条件而论，要比闻一多不知强多少倍，可惜更多人只是为研究而研究，为当教授而刻苦，学问成为吃饭的本钱，成为谋生的手段，就像作家的专业是写作一样，为写作而写作，为发表文章便不考虑一切后果，所以研究和写作，不是因为内心的迫切需要，而是因为从事这些专业。换句话说，研究和写作并不是自己最好的选择，不过瞎猫碰上死耗子，人生旅途中的一种巧合。

闻一多对神话的研究，对诗经和楚辞的研究，对唐诗尤其是杜甫的研究，都达到了前人所未有的境界。这也许和留学接受西方教育有关，他似乎一直努力寻找蕴藏在传统中的现代根源。他计划写一本具有独到见解的《中国文学史稿》，为此做了大量的准备工作，留下许多未完稿的笔记。文学发展中的民间影响和外来影响，是闻一多关注的焦点，他不但研究文化人类学，而且还用弗洛伊德的心理分析来研究中国的原始社会，在方法上，既有最地道的朴学传统，又不缺乏世界最新的人文研究成果。朱自清先生对闻一多的评价很高，认为在古典文学研究领域，年龄仿佛的专家学者，很难有人能与之相匹敌，可惜英年早逝，被暗杀时才四十八岁，正是最应该出成绩的年龄。

说闻一多是一名斗士，应该没有问题。他似乎对“死”有着特殊的兴趣，做的是死学问，下的是死功夫，面对的是永恒的死亡：

这是一沟绝望的死水，
这里断不是美的所在，
不如让给丑恶来开垦，
看他造出个什么世界。

闻一多一定非常喜欢涅槃这个词，在此境界，贪，嗔，痴，与以经验为根据的我，都亦已灭尽，不复存在，于是达到了寂静、安稳和常在的状态。正因为如此，他才能一头扎进古典文献，在绝望中获得永生，在枯燥里获得快乐。他在给臧克家的信中，曾说自己是座没有爆发的火山，火烧得他浑身疼痛，却没有能力炸开那禁锢他的地壳。他写诗，做学问，后来投身民主运动，都是为了获得爆发的能力，也正是在这个意义上，闻一多始终是一名斗士，生命不息，战斗不止。对闻一多的研究，无论是他的学术思想，还是他的民主精神，其实都远远不够。自从有五四运动，这以后一到纪念日，就有人站出来说话，真说到点子上的并不多。我想，最容易体现五四实质的应该是闻一多这代人，他生于一八九九年，与海明威同年，十二三岁的时候，清朝没有了，有几千年历史的封建社会至此宣告结束，皇权在闻一多的脑海中没有留下什么印象，到二十岁，他积极参加五四学生运动，担任学生会书记职务，以后又去美国留学，充分接受西方的民主自由思想。

在闻一多的世界观中，最不容忍的就是独裁。天赋人权，不可侵犯，是可忍，孰不可忍。李公朴被暗杀以后，很多人告诉闻一多，他已经被列入黑名单，形迹可疑的特务就在他家门前闲逛，而且派人送了恐吓信进来。闻一多如果理智一些，就不会去出席李公朴的追悼大会，但是他并不承认这就是中国的铁定现实，不愿意在独裁面前低下自己高贵的头颅。过去的十多年里，他一直埋头书斋，是中国最传统的读书人，与世隔离，现在，沉寂的火山突然爆发，他拍案而起，成为最激烈的民主斗士。在李公朴的追悼大会上，闻一多定有一种寂寞之感，他没有料到偌大的昆明，只有他一个教授来出席这样的纪念活动。据目击者说，那天本来不准备安排闻一多说话，可是他很激动，跳上台去，言辞激烈地说了一通，演讲词后来被收进了中学课本。

闻一多在会上的演讲成为民主的绝唱，他离开会场不久，就被暗杀在大街上，凶手对他连开几枪，其中一枪击中头部，白色的脑浆流得到处都是。在中国的历史上，这是第一次，一位著名的教授，光天化日之下被打死在大街上。重温这一段历史，我总有些想不明白，为什么同为五四一代人，同样是接受了德先生赛先生的教诲，有人为民主献身，有人却明目张胆唆使别人去杀人。多年来我一直在傻想，为什么当时那么多教授，只有闻一多去参加李公朴的追悼会，后来终于想明白，当时学生已经放假，西南联大刚刚解散，很多教授离开了昆明。特务不过是钻空子，这至少说明当时还有些顾忌，真正内心深处感到恐惧的应该是独裁者，因为暗杀本身还是一种恐惧。

秀才碰到兵，有理说不清，这是中国的现实。万般皆下品，唯有读书高，当权者害怕文化人，这是中国当时的现实。闻一多的死，自然不是毫无意义，它是民主和独裁的一次历史性决战，为后来的共产党获得天下提供了良机。从表面上看，闻一多的身体被消灭了，在独裁面前，个人的反抗很渺小，微不足道，但是却不能说它和国民党的最终垮台没有关系。闻一多的被暗杀，客观上造成一代中国知识分子和当局的彻底决裂，国民党政府因此大失人心，李公朴的追悼会，只有闻一多一个教授去参加，可是为了悼念闻一多，全国各地的纪念活动此起彼伏，谁也拦不住。

张闻天

张闻天生于一九〇〇年，是世纪的同龄人。这一代人注定大有作为，在儿童时代，封建王朝被推翻，到青年时期，遇上了热血沸腾的五四运动，以后又有“五卅”，国民革命军北伐，国共对抗，抗日战争，虽然路途艰险，毕竟机会多多。乱世英雄起四方，生逢乱世未必就是坏事，这一代人天生是革命的种子，驰骋在各行各业，既有陈胜吴广，也不乏项羽刘邦。

茅盾在谈起往事的时候，曾自叹不如地说，张闻天年龄比自己小，开始文学创作，却早了三年。张闻天和茅盾弟弟沈泽民的年龄仿佛，是好朋友，我见过一张报摄于一九二〇年的合影，照片上有三个人，张闻天居中，茅盾和沈泽民兄弟一左一右。照片的说明文字是，张闻天与沈泽民将去日本留学，茅盾为他们送行，临别前留影纪念。张闻天的长篇小说《旅途》写于一九二四年，这是中国现代小说史上最早的长篇小说之一。评论界常把祖父的《倪焕之》说成是第一部，以讹传讹，其实是不对的。在《倪焕之》之前，已经有几部长篇问世，有的还在新文学最重要的刊物《小说月报》上连载，譬如王统照的《黄昏》，又譬如张闻天的《旅途》。《倪焕之》要到一九二八年才完成，而茅盾的小说创作开始于一九二七年，就创作的时间而言，茅盾的资格还真不老。

不能说《旅途》有多出色，在一九二四年，新文学整体水准还很幼稚。这时期，不外乎作者在作品中提出问题，把积郁心头的怨愤倾泻出来，读者在阅读时盲目寻找答案，获得思想上的共鸣。在一个普遍思索的年代里，急躁是避免不了的，而流行的小说无一例外是问题小说。《旅途》的更多意义是在史上面，它是现代文学史的一个参考资料，至于作品中的艺术探索，思想深度，暂时还顾不上。我们可以从这类作品中，获得大量的信息，通过文字符号，重新嗅到当年的气味。

张闻天在短短的几年内，创作了不少文字，除长篇小说《旅途》，还有短篇、戏剧，翻译更是不计其数。三十年代出版的《新文学大系·史料索引》的作家小传，选了一百四十二人，张闻天列名其中，说明当时的文学界还是承认他的，尽管他此时已成为共产党的领袖之一。小传如下：

> 小说作者。译者。文学研究会干部。作品发表于《小说月报》甚多。有长篇《旅途》，《青春的梦》。译著有科洛涟科《盲音乐家》。

能列入一百四十二人的名单，放在今天，起码可以是作家协会的理事。那年头没有专业作家制度，否则，这个金饭碗给了张闻天，后果便耐人寻味。张闻天他们那一代人，谁都能摆出一副天将降大任于斯人的模样，高考这根指挥棒在当时还不知是何物，年轻人目光放得很遥远，一个个野心十足。《孟子·滕文公上》有这么一段：

> 舜何？人也；予何？人也。有为者亦若是。

今天所以能给五四运动那么高的地位，很重要的一点，就在于那个时代的年轻人，一个个都有雄心大志。张闻天十八岁结婚，自然是包办婚姻，虽然极力反对，却不得不屈从母命。国和家的双重不幸，造成了一代年轻人的愤恨，自然而然地倾向于革命。只有砸碎了万恶的旧社会，年轻人才会有活路有希望。考察张闻天的青年时代，仿佛解剖一只那个时代的麻雀，从青年张闻天身上，我们很轻易地就能发现当时革命的动力，以及年轻人努力的方向。

张闻天选择的是留学，他考取了留法勤工俭学预备科，发愤学习法语。去法国勤工俭学，造就了一大批老资格的革命家，像周恩来、陈毅、邓小平，后来都了不得，都是开国元勋级别的人物，但是张闻天和毛泽东一样，学了几天法语，最后并没有去法国勤工俭学。一九二〇年，张闻天和沈泽民同行，一起去了日本，半年以后，两人又离开日本回国。具体原因不清楚，反正那年头出国方便，来去自由。回国一年多，张闻天再乘“南京号”轮船去美国留学，待了一年半，又回来了。

张闻天的文学活动，主要在这一段时期，他思想活跃，笔耕不辍。或许是文学创作耽误了正常学业，或许本来就不想在欧美学点什么，张闻天难免有些彷徨。彷徨常常可以成为一种很好的写作状态，人通常不是在最清醒的时候写小说，张闻天写了很多东西，是一个地地道道的作家。如果他就此干下去，说不定也会成为托尔斯泰，或者成为茅盾巴金。张闻天生命中的转折点，是一九二五年六月的参加共产党，入党介绍人是好友沈泽民。到十月底，张闻天又一次出国留学，这次是去莫斯科，入新创办的孙中山中国劳动者大学，简称中山大学。至此，张闻天完全结束了自己的文学生涯，成了一位职业革命家。

潘汉年

说过了张闻天，附带想起潘汉年。潘汉年比张闻天小六岁，也是一九二五年参加共产党，也是写小说出身。我常有一种很怪的念头，总觉得参加革命，和从事文学创作，有时候同工异曲，都与荷尔蒙有关。潘汉年和张闻天相比，虽然也是高级干部，要逊色好几级，但是他身上的传奇故事，却比张闻天丰富得多。张闻天是书呆子似的人物，回忆录上说到他，通常用到文质彬彬四个字。潘汉年则不同，他的绰号叫“小开”，在上海话中这是小老板和白相人的意思，代表着风流和潇洒。张闻天属于文学研究会，就文学阵营看，也是各得其所。人以类聚，物以群分，张闻天与茅盾和《小说月报》来往不断，潘汉年却是创造社的小伙计，与郭沫若和《洪水》关系密切。

潘汉年的冤案被称为千古奇冤，他的故事已经被搬上电视屏幕，沉冤蒙难的那一大段，本来最耐人寻味，却没有任何交待。在我的印象中，潘汉年是间谍奇才，他天生适合和各方面的人打交道。真让人想不明白，如何会有那么多的传奇故事，都集中在他一个人身上。他参加了长征，又半途而废，遵义会议以后，领导人发生重大变化，他带着中央密件，先冒充港商，混入被红军拘捕的“云土”商贩之中，从根据地辗转到了上海。然后再假扮日本人，绕道莫斯科，向第三国际代表团汇报情况。潘汉年和很多重要人物打过交道，去苏区以前，他是左联成立的实际领导人物，和鲁迅，和宋庆龄宋美龄姐妹，和张学良，都有过不同寻常的接触。西安事变爆发，宋美龄情急之中，便是通过潘汉年，和共产党接上头的。潘汉年成为一个具有多重身份的人物，抗日战争期间，他胆子更大，不仅常住在李士群家中，而且竟然瞒着党中央，私自做主跑到南京去和大汉奸汪精卫见面。聪明会被聪明误，潘汉年也许太聪明了，他和汪精卫的见面，后来成了最致命的把柄。

据冯雪峰回忆，左联成立前，潘汉年曾指示他，一定要鲁迅参加，如果鲁迅不喜欢“左翼联盟”这几个字，“左翼”二字可以不用。鲁迅愉快地接受了“左翼”称号，但是当潘汉年带着当时中共的最高领导人李立三，和鲁迅在上海的爵禄饭店见面时，李立三要鲁迅发表声明，支持他的“左”倾路线，鲁迅很不高兴地拒绝了，结果大家各谈各的，不欢而散。

不同的时代，有着不同的传奇故事。在今天，一个作家再怎么折腾，无非是下海，或者编几集电视连续剧，指望捞几个钱，向有钱的款爷看齐。就算是混迹仕途，大不了当帮闲的文化官员，当作协的主席副主席。事实上，今天的写作者，除了写这条路之外，没什么别的真正机会。张闻天不当作家，放下笔杆子，参加共产党，十年后成了中央领导人。潘汉年的情况也不差，参加革命前，不过是创造社的一个小伙计，干的活只是捆捆书籍，跑印刷厂和邮政局，编校别人的稿子，一旦投身革命，几年以后，便是一个公认的“小开”，来往的都是头面人物，干的都是历史上必然会留下痕迹的大事。上海解放以后，潘汉年是副市长，兼市人民政府中共党组书记，主持日常市政工作。

潘汉年的聪明才智，也充分体现在他早年写的小说中间。和张闻天的写实风格不一样，潘汉年的小说是典型的创造社样式。就小说给读者留下的印象而言，潘汉年的小说似乎更有特点。他的一些短篇，只要看过一遍，就能过目不忘。譬如他的第一篇小说《无聊人的半天》，写于一九二六年，说的是一个人准备结婚，邀请第一人称的“我”参加婚礼，“我”是一个迷惘青年，玩世不恭，面对友人的邀请，回答得非常不像话：

> 得了！现在我要化一元钱买一条卫生月经带送给密斯伍都不能；我现在是一钱不名，那天是不敢参加婚礼的！——要末你请我去替你们倒茶给客人的招待！……

密斯伍是新娘，“我”如此出言不逊，真是活生生的“创造嘴脸”。引文最后一个“的”可能是“当”，书中错字很多，一边读，一边要猜。“我”的形象在二三十年代十分常见，这是道地的“零余人”，而结局通常是两种，一是继续堕落下去，还有一条路就是参加革命。潘汉年写此小说时，已经是共产党员，此时正是第一次国共合作期间，他活跃在南昌武汉等地，曾担任过《革命军日报》的总编辑。

一九二七年的大革命失败以后，潘汉年又一次回到上海。我查了一下他小说集中的日期，从九月十六日到十月十六日这一个月中，他一口气写了五个短篇小说。自第一篇小说写完以后，潘汉年大约太忙于革命，差不多有一年没写小说，然后等革命处于低潮，却是灵感泉涌，一发而不可收。这是一个非常有趣的现象，一九二五年“五卅”运动以后，鲁迅在不到二十天的时间里，接连写了《孤独者》《伤逝》《弟兄》《离婚》四篇风格迥异的小说，这种巧合至少说明人的心情不好，有时候对写小说反而有帮助。换句话说，小说更可能是痛苦和彷徨的产物。

潘汉年的小说颇有构思巧妙的地方。譬如《她和她》，这是轰轰烈烈的大革命失败后，潘汉年重新提笔的第一篇小说。开头就很花哨，两个青年在一条船上聊天，其中一个在说自己的艳遇，说自己和美丽的表嫂终于勾搭上了，上床正要成事，突然响起了敲门声。故事就此展开，敲门的是女婢阿菊。原来男主角在此之前，已经和女婢阿菊有了性的关系，他的表哥到北方去了，美丽风流的嫂子常让他想入非非，深爱男主角的阿菊知道他有这种心思，便帮他设局成其好事，然而，到了关键时刻，阿菊显然有了醋意，因此故意敲门。

小说花了许多文字描写性爱场面，这些文字足以吓道学家一跳，而落到保守的批评家眼里，也会被说成是自然主义：

> 只觉得她身上的肉香和脸部的脂粉气，阵阵的沁入我的心坎，使我周身发出难于扼制的热力，心旌摇晃不定，我终于把她的衬衫上的一排钮扣，一个一个的解开了，啊，双手触着她的肌肉，是多么的柔嫩，光腻；再看她高耸胸前的一对乳房，好像是半个皮球覆着一样！再也想不到已经生过五岁孩子的女人，还是和处女一般令人心醉！我忍不住了，把头往下移着，用嘴含着她的乳头，学孩子吮奶似的咂着……

小说中用了很多感叹号，结果便是“我褪下了她的衬裤”，因为“那怕是铁打的柳下惠也忍不住了”。潘汉年这时候只有二十一岁，我不厌其烦挑出这些文字，目的是想再现当年的文风。小说的隐喻很明显，北上的表哥是资产阶级，到北洋军阀那里做官去了，两个在船上聊天的青年，正往长江上游驶去，暗指到武汉投奔革命。男主角处于人生的苦闷中，爱阿菊，又为了她是婢女，没有勇气娶做夫人，不爱表嫂，却禁不住性的诱惑，于是只有出走，快刀斩乱麻，去做革命党。这小说今天看来，或许会觉得幼稚，但是无疑绝对真实，是当时现实生活的写照。在革命加恋爱的小说里，这类描写比比皆是。现代文学史上说到“革命文学”，通常以一九二八年的蒋光赤等人的提倡为开始，其实潘汉年已经先走了一步。

写小说是潘汉年传奇生活中的一个小插曲，然而这个不重要的插曲，已经足够我写一篇文章。

刘呐鸥

有个台湾女孩去美国留学，在哈佛攻读博士学位，专程到大陆来，含辛茹苦地查找刘呐鸥的资料，准备用武侠小说手段，写一本刘呐鸥的传记。这是个颇有趣的想法，我印象中，有关刘呐鸥的文字资料一向很少，他身上有许多事情弄不明白，留下不少谜一样的问题需要解答，为这样的人写传记很可能吃力不讨好。知难而进，也许形式上玩些花样，倒真是会取巧。

刘呐鸥如果还活着，现在正好一百岁。作为世纪的同龄人，他的身世要复杂一些，出生在台湾，是台南人，在日本接受教育，用当时推荐者的话来说，“他对于文学的修养，都是由彼邦著名教授那里得到的”。自甲午战争失利，台湾割让给日本，台湾人去日本接受教育，要容易得多，对于日本文化的认同，在情感上也不太一样。李登辉说他小时候是个日本人，这话我们听起来很别扭，在他来说，可能就是事实，日本人奴化教育方面颇有一套，有办法让我们的同胞不知不觉中便忘了本。刘呐鸥在东京青山学院专攻文学，又在另外一所什么大学毕业，然后到上海，进震旦大学法文特别班学习法文。这个特别班在中国现代文学史上意义不同反响，因为同学中出了戴望舒、杜衡、施蛰存，这些人加上穆时英，把个“现代派”文学闹得有声有色。施蛰存先生还健在，他显然是国内目前描述刘呐鸥的最佳人选。

刘呐鸥的日文和英文都很棒，学了法文以后，对法国文学也有相当了解。他属于那种有语言天分的人，北京话、上海话、广东话以及厦门话，都能应答如流。他身上同样反映了留日学生共同的革命热情，和后期创造社成员相比，观念上并没有什么太大的不同。在二十年代末，受日本左翼文学运动的影响，刘呐鸥独资在上海创办了水沫书店，他当时的思想上十分“左”倾，所出版的书籍中，一套《马克思主义文艺论丛》曾很引人注目。虽然后来和左联闹得很不愉快，但是水沫书店在相当的时间里，成了左翼文学的大本营，左翼作家时常聚集在书店的楼上召开会议，而鲁迅、丁玲、姚蓬子、冯雪峰的作品，最先也都是在这家书店出版。刘呐鸥似乎是个有经营头脑的人，知道怎么做生意，明白出版进步书籍有时候是很好的赚钱之道，因为书是要人买的，买书的大多是年轻人，年轻人喜欢进步，向往革命，出版思想“左”倾的书籍无疑会深受青年读者的欢迎。

书店之外，刘呐鸥还创办了一个文学半月刊《无轨列车》，正是从这本杂志开始，刘呐鸥高举起中国新感觉派的大旗。新感觉派是现代派的另一种说法，追根溯源，中国的这一流派仍然是受日本新感觉派的影响，就其明显特征而言，是思想内容上倾向进步，艺术形式上追求创新。刘呐鸥自己就是一个很重要的作者，他的《都市风景线》是所有研究者不得不提到的一本书。在新感觉派的旗帜下，一批志同道合的年轻人聚在一起，《无轨列车》只办了八期就被查封，这些有着差不多文学趣味的年轻人再接再厉，又办了一本刊物《新文艺》，维持了一年左右又被查封，新感觉派的阵地于是不复存在，只好到别的刊物上去投稿挂单。在人家刊物上发表文章多少有些寄人篱下，想形成一个有影响的流派没有阵地不行，结果到一九三二年五月，《现代》杂志创刊，新感觉派终于找到归宿。在《无轨列车》时期，新感觉派还是小打小闹，有了《现代》杂志以后，新感觉派可谓羽翼丰满，已经成为文坛上不可忽视的一股力量。

办书店出书出刊物可以赚钱，不过一再地被查禁，就会带来很大的经济损失，据说刘呐鸥为此赔了三万元之巨。这实际数目当然还有待于考证，他经营有方，要不然也没有那么多钱可以赔，然而毕竟损失惨重，最后，水沫书店毁于“一·二八”战火，刘呐鸥心灰意冷，不久便去了日本。去日本怎么样，不得而知，反正待好几年，直到一九三九年才回来。在这期间，他似乎也没什么了不得的作品。他不在国内，《现代》倒是办得红红火火，这本刊物的股东是现代书局，吃一堑，长一智，其“左”倾思想已大打折扣。在红色的三十年代，作家“左”倾是全球性的现象，《现代》因此大遭左联的指责，鲁迅提到新感觉派的几位作家，便没什么好话。

刘呐鸥在文学上的成就并不高，无论数量或是质量，都离一个合格的作家相去太远。有趣的是，无论当时，还是在后来，他都会突然时髦一阵。或许因为他年龄最长的缘故，提起三十年代的现代派文学运动，必定要提起刘呐鸥，他的名字成为这运动的一部分，论说者总是把他与穆时英和施蛰存相提并论。时髦这个词用在刘呐鸥身上非常合适，在他选译的一本日本小说集的题记中，他写道：

> 文艺是时代的反映，好的作品总要把时代的色彩和

空气描出来。在这时期里能够把现在日本的时代色彩描给我们看的也只有新感觉派一派的作品……

这种英雄惜英雄的语调，显而易见在为自己做广告，意思等于是说眼下能表现中国时代色彩的，非中国的新感觉派莫属。鲁迅曾讥笑过创造社一帮人，说他们是流氓加才子，其实说到闹着玩的级别，创造社同人和刘呐鸥相比，真是小巫见大巫。郁达夫笔下的因为苦闷而沉沦的故事，到了刘呐鸥这里，苦闷没有了，是否沉沦也无所谓，剩下的只是赤裸裸的放纵：

呐鸥先生是一位敏感的都市人，操着他的特殊的手腕，他把这飞机、电影、JAZZ（爵士乐）、摩天楼、色情（狂）、长型汽车的高速度大量生产的现代生活，下着锐利的解剖刀。在他的作品中，我们显然地看出了这不健全的、糜烂的、罪恶的资产阶级生活的剪影和那即刻要抬起头来的新的力量的暗示。

最后的半句话只是个幌子，要在刘呐鸥的小说中，找到“新的力量的暗示”，那是鸡蛋里挑骨头，而“不健全的、糜烂的”

生活，倒是随处可见，栩栩如生。打着小说的招牌偷鸡摸狗，是文人的一大专利，在《都市风景线》中，欲望被放大了，也被夸张了，男女之间的爱情已不复存在。一个男人坐在行驶的火车上，一个美丽的陌生女人上来了，于是就调情，车到中途，两人下了车，就去开旅馆，开好旅馆，女人觉得这还不够有情调，两人便到了野外，到大自然中去野合。另一个女人要和情人私奔，临走时，想到丈夫性生活没有着落，容忍他去嫖妓又觉得不卫生，结果就留了一张条子给他，说已安排好自己美丽的妹妹来满足他，而这妹妹又恰巧是他早已眼馋的对象。刘呐鸥对自己的《残留》颇为得意，这是一个刚丧夫的小寡妇的独白，她对性流露出的那种强烈欲望，洋溢在每一段文字里，到小说结尾的时候，女主角春情大发地漫步到了码头上，面对走来的醉醺醺的外国水手，她想跑，又不愿意跑：

> 我就算做个咸水妹有什么！对啦，咸水妹，我做个咸水妹来安慰安慰在这海港出出入入的各国的哥儿们也好。不晓得什么滋味的！天天床头发现一个新丈夫，多有趣！……那一国的人好一点呢？美国？法兰西？对啦，意大利好。

这种赤裸裸的新感觉更像是作者自己的欲望，这是男人大脑里的垃圾，是文字的手淫，然而评论界却觉得这很大胆，很时髦，是意识流。在八十年代，中国的现代派突然流行起来，张口弗洛伊德，闭口意识流，难怪施蛰存老先生会不以为然，说这套把戏，三十年代早有人玩过。刘呐鸥喜欢标榜自己的小说有技巧，用容易蒙人的话来说，就是强调直觉，强调主观，把主观的东西硬塞到客体上去，创造出对事物的新的感受方法，创造出由智力构成的新的现实。“要使作者的生命活在物质之中，活在状态之中，最直接、最现实的联系电源就是感觉。”一般的不通很难吓唬人，可是不通得来头大，似是而非到了不知说什么，皇帝新衣的故事便会重新上演。刘呐鸥之所以会有恃无恐，和读者的少见多怪不无关系，在当时，甚至连左翼评论家也不太敢否认刘呐鸥的所谓技巧，因为新感觉派毕竟是一个国际上比较流行的文学流派，评论家常常会很世故，欺软怕硬，会把无聊当作有趣。

穆时英

把穆时英和刘呐鸥放在一起谈很自然，他们注定要联系在一起，虽然穆比刘小十二岁，但是无论文风，还是个人经历，都有太多的相似之处，如果不小心把两个人搞混了，还真不能算是什么大错。譬如说结局，刘呐鸥在水沫书店被焚以后，去了日本，再回来，身份已不太一样。汪伪政府粉墨登场，他也不愿意闲着，在上海出任《国民新闻》社长，这报纸由汉奸所控制，他自然就成了汉奸。可怜报纸还没正式出版，刘呐鸥便被国民党的特工暗杀。这是通常的说法，施蛰存先生却认为他是被青红帮所杀，被杀的原因是争夺赌场，是黑吃黑的牺牲品，显然，施不愿意让刘戴着汉奸帽子永世不得翻身。穆时英是刘呐鸥的继任，也当了《国民新闻》的社长，在任上没几天，便被同样的理由暗杀。

训练有素的国民党特工杀个把下水的文人，当然是很容易的事情。在中国人的传统观念中，文人当汉奸和女子偷人，都是十恶不赦的罪行，因此只要有可能，总有人出来婉言辩解，譬如说刘呐鸥死于黑吃黑。在七十年代，有个叫嵇康裔的人在香港发表文章，说穆时英是中统特务，被国民党的军统特务所误杀，当局为掩盖失误，故意不为他平反昭雪。嵇自称是他亲手安排穆去东南沦陷区任伪职，这一说法后来没有什么回应，显然可信的程度并不太大。穆时英到《国民新闻》赴任前，曾热烈鼓吹过“和平文学”，白纸黑字，想抵赖很难。我倒是真心希望有这件事，法国作家萨特和杜拉都曾经参加过抵抗运动，穆时英若是抗日的地下分子，多少也为中国作家脸上增了光。

穆时英是浙江人，父亲是银行家，幼年时随父亲到上海，在十里洋场上长大。小报上谈起他，说他穿着时髦，烫了头发，满口的俏皮话，既有钱，还能写小说，十分招女孩子喜欢：

> 自从他的照片给施蛰存在《现代》登载后，一般年轻的女学生，几乎都在朝夕地想看看他。因为他顶爱上

舞场，因此一般年轻的女生们为了要看这位名小说家，

也就有了上舞场的嗜好。

追星族并不是到了九十年代才风行，用俊男的相片打动女学生，和今天用美女靓照包装作家来吸引读者，方法如出一辙。太阳底下没什么新事物，穆时英是一位很会炒作自己的作家，年纪虽轻，手段却十分老辣。他是海派文人中的新秀，最初写小说，甚至都未满十八岁。当年风行一时的现代派小说家中，他是最有实力的一位，被誉为“中国的新感觉派的圣手”。刘呐鸥的资格要比穆时英更老，但是文学成就远不如后者。

这一派作家喜欢互相吹捧，小团体和宗派意识丝毫不比别人逊色。仅仅是靠某个人的作品，他们或许成不了什么气候，可是几个人一起折腾，编刊物的编刊物，写评论的写评论，加上传媒的附和，果然有声有色。穆时英也属于那种用行为写小说的人，他自己就是一个很不错的小说中的角色。不到十八岁开始写作，很快小有名气，刚二十八岁，生命就走到了尽头。写作生涯很容易让人联想到张爱玲，像流星一样突然出现在文坛上，闪亮耀眼，短暂，说结束便结束。

以小说论小说，穆时英和张爱玲无法相比，他的小说要轻浮

得多，但是他的小说在文学史上仍然值得一提，尤其是前期的小说。他虽然出身资产阶级家庭，最初的行文，却多是流氓无产者的腔调。可能是学校生活的影响，从同学那里获得了灵感，穆时英笔下的人物大多是闯荡江湖的平民，用的是第一人称，模仿下层人物的口语，动不动就张嘴骂人，“娼妇根”“老忘八”“狐媚子”“老蛐蜒”随处可见。在《黑旋风》中，“我”因为自己的汪大哥看中的女孩小玉儿见异思迁，忿忿不平大打出手，在人家男的鼻梁上捶了一拳，“再提起一脚踢在小玉儿的腰眼上”，结果便被捉到了警察局“差点儿给打个半死，整整的坐了三月牢”。小说写街上的混混，用的是不良少年的视角，从类型上看，开了后来痞子小说的先河。

穆时英的小说最初多少有些单纯可爱，据说女学生正是喜欢他的这种粗犷之气。不过，这些小说的“新感觉”并不地道，渐渐地，他成了《现代》的重要作家，别人老说他是新感觉，他也就当真的新感觉起来。读穆时英的小说，总有一种被舆论左右的遗憾，他前期小说真实自然，所写的尽管是不太熟悉的下层人物，但是或许有充分想象力的缘故，这些小说并不离谱。他后来的小说多了一层时髦意味，洋场的气息重了，自然的韵味便大打折扣。文学运动可以造就一批作家，也同样可以毁掉一些人，穆时英的小说越写越造作，越写越花哨，评论界虽然捧他，其实是戳穿不得。为了反映所谓病态的上海，他成日留连在舞场，小报文人对这种行为大加赞颂：

> 不过穆氏的上舞场，和一般的公子哥儿大有分别。穆氏之对舞场，并不把它作为享乐的场所，反之，倒是他写作的书斋。所以穆氏虽然常常上舞场，但他并不多跳，而是躲在舞场的角落的桌子上，一枝铅笔，和几张碎纸片或一本小小的拍纸簿，古怪地在写着。

这番话骗骗不写小说的外行还可以，说为了灵感，整天和舞女泡在一起，与作家行为不检，嫖妓时被查着声称体验生活如出一辙，写作给了作家一个可以放荡的特权，艺术成了无耻的挡箭牌。

> 当穆氏还在“光华”读书的时候，女同学中追求他的，大不乏人，可是我们这位英俊的名小说家，其恋爱对象并非是“千金小姐”式的女学生，而倒是被生活压得喘不过气来的舞女。他对于这种被人任意玩弄着的“可怜虫”，是寄予万分同情的。

为了灵感，出于同情，都是堂皇的借口。一个真正的作家，很可能被这样的借口所伤害。在穆时英最初的小说中，有一种《水浒》中常见的厌恶女子情绪，人物也仿佛从梁山上刚下来，动不动就给人一耳光，唾人一脸痰沫。但是海派气息终于占了上风，他沉浸在新感觉中出不来，“女子嫌恶症”变成了成日和女子调情，变成了醉生梦死。在小说《被当作消遣品的男子》中，女主角被问到有没有读过《茶花女》，她不屑地回答说，这应该是我们祖母读的。又问她是否喜欢写实主义的作品，譬如左拉的《娜娜》，陀思妥耶夫斯基的《罪与罚》，她说这些作品只能睡觉前当作催眠剂，而她真正喜欢的是保尔·穆抗，喜欢横光利一，喜欢崛口大学，还有刘易士。这几个作家都是新感觉一路的，代表着当时的时髦趣味，穆时英的这篇小说带点自传色彩，所以那女主角又说，她还喜欢他“那种粗暴的文字，犷野的气息”。

穆时英把她称为“真是在刺激和速度上生存着的姑娘”，是“JAZZ，机械，速度，都市文化，美国味，时代美……的产物的集合体”。或许正是受了这类女孩的诱惑，他文章中的英雄气越来越短，洋场味越来越浓，那股单纯少年气息没有了，逐渐为五光十色的猎奇所代替。他放纵了自己的小聪明，怎么时髦怎么写，怎么流行就怎么做。他差不多立刻成了刘呐鸥第二，技巧上甚至超过了刘，当仁不让地坐上了新感觉派的中国头一把交椅，评论界的摇旗呐喊让他晕了头，新感觉的光环害得他找不到北，在文字游戏的路上，他如鱼得水，越走越远，也越来越浅薄。欲败度，纵败礼，他成了无聊女读者的玩物，成了一件文化摆设。

人生得意须尽欢，莫使金樽空对月。放浪形骸，本身就是一种诱惑，声色犬马，只有特殊意志的人方能拒绝。穆时英毕竟年轻，不仅他年轻，整体的中国新文学也太年轻，只要想一想穆时英死时才二十八岁，就不能不为他浪费的文学才华感到惋惜。傅雷在四十年代谈论张爱玲，曾引用一位在中国待过多年的外国人的名言，说“奇迹在中国不算稀奇，可是都没有好下场”，傅雷的原意是用这话来警示张爱玲，希望她好自为之，千万不要被这番话不幸而言中。张爱玲当时很不服气，可是多少年以后，她终于明白傅雷的话自有道理。穆时英没有这样的反省机会，少年得志让人忘乎所以，众多的模仿者追随者让他不知天高地厚，他活得潇洒，轻松，得意忘形，临了一失足，千古恨，却是一个非常糟糕的结局。

王伯祥

王伯祥先生对子女的教诲，是“决不强不知以为知”。大道理都很浅显，王伯祥有许多小孩子，前面的都是女孩，直到老九才是儿子。苏州人唤子女通常阿拉伯数目后面加个“官”，王伯祥是我祖父中学时代就结交的好友，“九官”与我父亲同岁，在九官之后，好像还有好几位，我常听父亲说王家的故事。

最早知道王伯祥的著作，是《史记选》。刚开始，也没有太往心里去，因为年青，见到这样的书，记住的是《史记》中的人物，如陈胜吴广，如项羽刘邦，还有就是作者司马迁。王伯祥只是选注，这是替人作嫁，默默地躲在书本背后。对我来说，《史记选》不过是一本古文入门的书，中间的故事很精彩，遇到不懂之处，查一下后面的注就行。我只知道写书才是了不起的事，不知道“注”也是大学问。

王伯祥仅注《项羽本纪》一篇，就有六百二十二条。以详尽而言，恐怕没有再超过这个数目的。钱钟书先生的《宋诗选注》以精深取胜，王伯祥的《史记选》以博大见长，相形之下，《史记选》照顾的面更广，更实用。对于一般中学水平的人来说，这种逐词逐句详注，一句一句串讲，能够帮助进一步学习古代汉语，又能够很好地提高古典文化知识。既是普及读物，同时也可以登堂入室，经过反复研读，直抵中国古文化的纵深。王伯祥选定的底本是张文虎本，然后将宋蜀大字本、百衲宋本、南宋黄善夫本、汲古阁本，以及日本的泷川资言的会注考证本，一一校于底本之上，结果凡是空白处，都密密麻麻，几乎没地方可以写字。

《史记选》是深入浅出的一个好例子，自五十年代出版以后，立刻成为大家热烈欢迎的一本书。它非常适合作为自学教材，在工厂，在农村，在边防哨所，落难的“右派”，插队的知青，站岗的解放军战士，大中小学的教员，很自然都成为这本书的受益者。“文化大革命”中，相当数量的书遭禁，偏偏《史记选》不仅没禁，而且还几次再版。粉碎“四人帮”以后，这本书因为印得太多，纸型已不能再用，不得不重新排版。

王伯祥没有上过大学，但是他在北京大学做过讲师，教过的学生中有游国恩，有冯至，还有至今仍健在的季羡林先生。做讲师的时间不是很长，当时的北大屡屡欠薪，他有很重的家累，耽误不起，因此又回到上海做编辑。他是一位极其出色的好编辑，先在商务印书馆，后来是开明书店。当年的编辑人才济济，藏龙卧虎，编辑的重要史学著作有《四库全书述略》《清史稿述臆》《古史辨与经今古文学》《二十五史》《二十五史补编》。没有大学问，编不了这些书籍。一九五〇年，已六十岁的王伯祥应郑振铎之邀，成为北京大学文学研究所的研究员，也就是后来的社科院文研所。

在祖父的老朋友中，我有幸见得最多听得最多的，大约就是王伯祥。他众多的子女中，一九五七年打“右派”，有好几位不幸挨上，数量之多，用父亲的话说，王家差不多出了一打“右派”，这当然包括女婿和媳妇，老先生因此心里非常不痛快，如芒在背如鲠在喉。教育子女方面，王伯祥从来不敢有一丝放松马虎，虽然著作等身，历经战乱，把这么多的子女抚养成人不是件容易事，经济窘困时，孩子太多，吃香蕉要用小刀切成一小段分配。《颜氏家训 · 教子篇》说：“父母威严而有慈，则子女畏慎而生孝矣。”

“文革”中后期，祖父每周都去看望王伯祥。当时订阅大字《参考消息》是一种行政待遇，祖父必带上最近一周的报纸，在王家坐两小时，谈天说地，然后带着上一周的旧报纸回家。我在北京，曾经好几次陪祖父去，一位八十岁的老翁，去看望另一位八十多岁的老翁，而且挤公共汽车，如今回想起来，实在值得品味。现在的人再也不会有这种闲情，不要说挤公共汽车，就算有小汽车，有专职司机，也白搭。

顾颉刚先生谈到王伯祥，曾说：“七十年来推大哥，我狂君狷久相和。”王伯祥和顾颉刚与祖父是中学同学，王最大，年长祖父四岁，同年考进刚创建的苏州草桥中学，因为刚创建，考生按成绩排队，程度好的读二年级，差的读一年级，于是王直升二年级，比祖父高一级。顾颉刚比祖父大一岁，却晚入学一年，比祖父还低一级。这三个人的友谊历史悠久，从中学时代的结社，直到生命最后时刻，几乎可比桃园三结义。

王伯祥是当仁不让的大哥，祖父和祖母的婚事，他是大媒人。这话说清楚要花许多笔墨，反正祖父祖母在结婚之前，没见过面，也没通过信，完全用“媒妁之言”的老办法，是地道的包办婚姻。祖父是有新思想的，祖母更是女大学生，新人冒险用老办法，同样非常美满幸福，真该好好感谢王伯祥这位一手策划的大哥。顾颉刚新婚不久，原配夫人吴征兰便去世，续弦殷履安是王伯祥的得意学生，自然也是大哥的大媒。

祖父常用一个人在书店里的表现，来说明他的性格。郑振铎进了书店，立刻丢魂失魄，把带去的朋友忘得一干二净。王伯祥进书店就要发牢骚，红着脸说“根本就没有书”。郑是到处都有书，王是只知道找他需要的书。祖父说自己最乐意与王抬杠，逼他发急，说“怎么没有书，这书架上是什么”。一直到老年，祖父仍然喜欢与他争辩，有时不免脸红耳赤。“童心吾犹有，略喜持论偏”，“吾故弄狡狯，诱敌一控弦，弹发未必中，君阵势益坚，慷慨抵顽敌，意气凌云烟”，这是王伯祥五十岁生日，祖父写的祝寿诗，然而诗中的有趣情景，直到八十多岁，仍然还会发生。

王伯祥的性格，是对自己严格，为人古板，所谓狷者有所不为。他的晚年，众多的子女几乎全不在身边，不是发配他乡定居，就是外地“干校”锻炼。在生命的最后几年，王伯祥又重读严衍的《资治通鉴补》，这书他过去曾读过一遍，这次复读，每读完一卷，又在原来卷尾朱笔题记之后，再加墨笔题记。全书共二百九十卷，差不多一天读一卷，题记不只是记心得，更详细记录了孤愤老人的当日活动。这是一种别出心裁的日记，是一段活生生的历史记录。

王伯祥先生逝世于一九七五年。我忘不了他谈话时的认真表情，有一次，谈起“文化大革命”初期的混乱，王伯祥从学部坐三轮车回来，与车夫一路聊天到胡同口，车夫无意问起王伯祥的收入，王怔了一下，未敢如实汇报，将实际工资打了折扣，车夫仍然很愤怒，说我拉车，你坐车，这已经不平等了，你竟然还拿这么多钱。结果车夫再也不愿意继续向前，让他自己从胡同口走回去。记得王伯祥重温这事，完全没有取笑之意，他是研究历史的，看问题总是有独特的眼光，十分严肃地向我解释说：

> 这话一点不错，所以就会有革命。

我当时还小，不太明白这话的含义。

顾颉刚

有一次，从王伯祥家出来，时间尚早，祖父说我们今天去看顾颉刚，结果是没找着地方，还是找着地方人又不在，反正转了一大圈，乘兴而去，败兴而归。我时常听祖父说起这位老友，印象中，他是个对许多事都有浓烈兴趣的人，喜欢收藏，喜欢民歌和民谣，喜欢看戏的戏票和说明书，只要是个玩意，到他手上就是个宝贝。

一九五四年夏天，顾颉刚上调北京，在毛主席的亲自过问下，主持整理《资治通鉴》。当时的北京市副市长吴晗不敢怠慢，安排在画舫斋，那是北海附近，庭院内是一株唐朝的古槐，还有几株海棠。庭院东面就是“得性轩”，是光绪皇帝的避暑之地。顾颉刚虽为名教授，安排在这样优雅的环境里，一方面感到极大幸福，“所谓久溷尘嚣，今乃得斯静境”，终于能够安心做学问，另一方面，又不无担心，因为他觉得自己“不死于战乱，不死于谗构，又不死于忧伤”，这番破格重用，难免“声名太盛”，于是产生了“其将雪我耻耶”，“抑将速我谤耶”的疑问。

这种清醒真是难能可贵。顾颉刚是个地道的书生，曾因得罪鲁迅先生，屡遭痛斥和挖苦。鲁迅有脾气，顾颉刚也有脾气，大家都倔，顾后来虽然赠书给对方，但是两人之间的隔阂，始终未能解除。顾颉刚显然不止一次吃过口无遮拦的亏，他在苏州中学演讲，自己作为苏州人，不拍同乡马屁，却大说苏州人的种种不是。他说“江南人本来很富于创造力，文学尤其发达。可是现在呢？在新文学家中，除叶圣陶外，竟找不出第二人来”。他又说“外面的人都知道上有天堂，下有苏杭，看苏州人在天堂中，难道这样的病态之中可以算作天堂吗？唉，老实说来，岂但不是天堂，简直是地狱”。

在五十年代，顾颉刚有着非常好的读书环境，查找资料方便，助手众多，然而来自意识形态的干扰，往往让人手足无措。

我祖父最看重的朋友，不是写小说的作家，而是能有耐性做学问的学者。早在八九岁读私塾的时候，祖父就与顾颉刚认识，可惜先生管教太严，两个孩子竟然没说过几句话。

顾颉刚年轻时一度迷恋政治，“慷慨好任事”。他参加了中国社会党，很快就成为党的“中坚分子”，“而圣陶、伯祥觉党中人物气味不投，相率避去，虽开大会亦不到矣”，他因此“愤诃之，一时有交恶之状”。顾颉刚在思想上显然要比祖父和王伯祥激进许多，当时他新婚不久，初为人父，在上海神州大学读书，为了革命理想，竟不惜别雏抛妻，不惜中断学业，远赴北京，做社会党的党务工作。可惜“职业革命家”的身份，毕竟不对他的胃口，他很快目睹了政治的种种黑暗，所谓“藏垢纳污，集卑泄鄙”，于是“清夜以思，悲从中起”，于是发誓“他日入校，定习农科”，并且要“终老于此”。

顾颉刚一九一三年春季考上北京大学，是读哲学，还是中文，我始终没有弄明白。他毕业的时候，已经是五四以后，为什么要读那么多年，也仍然不清楚。我只知道，他的思想与五四新文化运动的方向完全一致，如果说在后来，顾颉刚还保持着什么政治理想，那就是当时流行的科学和民主。他以毕生的精力研究国学，无怨无悔，可以说自从进了北大校门，人生目标就此锁定，再也没改变过。

整理国故运动一度成为新文学口诛笔伐的目标。好在顾颉刚脾气倔，别人怎么攻击，他认定死理，一条路走到黑，不到黄河心不死。不管怎么说，他的国学研究，代表着过去一个世纪的最高学术水准。考察他的学术生涯，不能不佩服他的治学态度。我祖父屡屡提到老友，但是晚年同居北京东城，总不忍心去打扰他，因为只要有一点时间，他总是在苦做学问，即使是住院，躺在病床上，也绝不会放松。王伯祥便说他“自恃聪强，勑学力任，每不让人，看书则夜以继日，写文则万言不休”。他自己也承认“读书已成痼癖，非此不愉”。对于新派的人来说，顾颉刚成天埋首国故，脱离阶级斗争，玩物丧志，与遗老遗少没有什么分别。对于老派的人来说，顾颉刚试图以科学的方法研究历史，关注民歌，关注民俗，关注民间故事和神话传说，这都太新，太时髦，太野狐禅。然而，他达到了前人所未有的高深程度，这是不争的事实。

顾颉刚一生都在担心，怕失去“前进不懈”的勇气，早在年轻的时候，他就说过：

> 我们研究的成绩，或浅陋，或错误，这是无关重要的，因为每一种学问在创始时代必不能免于浅陋和错误。惟其能在浅陋与错误之后再加以不断的努力，自然

能做到高深的地步。

顾颉刚的学术生涯，足以儆省后来的学人。他年轻时，经济窘迫，看见好书买不起。以后当教授，钱多了，能买些书，又屡逢战乱，东奔西走狼狈不堪。接着又遭遇思想改造运动，遭遇反右，遭遇“文化大革命”，读他的著作，不难感到他时时都在抱怨生不逢时，恨自己不能安心研究和著作。换句话说，从一开始，他就有充分的理由停止学术活动，然而只要一息尚存，却从来也没有停止过。九层之台，起于累土，千里之行，始于足下。能干扰学术活动的原因实在太多，贫穷，疾病，动乱，战争，学术专制，流行的风气，评职称，获奖，甚至过高的待遇，知识分子如果不能正确对待，都可能成学问的毒药。

周瘦鹃

周瘦鹃对于今天的人来说，恐怕遥远了一些。且不要说今天，就在周瘦鹃即将告别人世的“文化大革命”初期，很多人就对他已经不了解。作家陆文夫那时候人到中年，造反派批斗他，想不起别的什么罪名，便在牌子上胡乱写上“新鸳鸯蝴蝶派”。苏州老百姓搞不清这是怎么回事，对着他指手划脚：“你一个大男人家，鸳鸯蝴蝶的多不好。”

鸳鸯蝴蝶派的称号曾经给苏州人很火爆地露过脸。从考证的角度看，谁是正宗的鸳鸯蝴蝶派说不清楚，但是有一点不可否认，这就是这个派别的大将，多数出于苏州。当时上海滩最流行的一句广告语，是“宁可不讨小老婆，不可不读《礼拜六》”。“婆”和“六”用吴语说，不仅押韵，而且朗朗上口，由此可见当时的风行和走红。周瘦鹃算得上是这个流派中的大腕人物，今天的文学史还时常提到他，原因也就在这。

不过，鸳鸯蝴蝶派的小说实在够呛。对于有识之士，嗤之以鼻不够，还要痛打。早在鸳鸯蝴蝶派火爆的日子里，新文学阵营就对其进行过围剿，火气旺盛的鲁迅，以平和著称的周作人，还有茅盾，包括我祖父，都写过文章痛斥。文化围剿有时候还是必要，鸳鸯蝴蝶派似乎从来没有失去过群众基础，它依然能够流行，大量印刷，但是写这类小说的人，一个个都显得信心不足，自惭形秽。没有一个严肃作家，希望自己的小说和鸳鸯蝴蝶派有瓜葛。连写这一类小说的人，也逮着机会就说自己其实不属于鸳鸯蝴蝶派。

无论怎么辩解，鸳鸯蝴蝶派的小说都有它非常庸俗的一面，格调不高是致命的弱点。鸳鸯蝴蝶派的小说家骨子里还是些旧文人，譬如包天笑，譬如周瘦鹃，这些人都曾经向新文学阵营靠拢过，只是身上的旧东西太多了，怎么也新不起来。他们能够写挺不错的旧诗，旧散文，新小说却永远写不好。偶尔他们也赶时髦，发几声模仿新文学作家的感叹和呐喊，可笑的是，这些声音更像是对新文学的调侃。

在现代文学史上，新旧两派泾渭分明。新派想通过文学来革命，来改变人生，旧派却认为小说不过是给平民百姓看的，越是庸俗低级趣味，越会有人欢迎。新派将文学抬得太高，旧派则是降得太低。新派小说家像革命党，旧派小说家像失意文人。失意的旧文人写小说永远不会有责任感，因此他们也不太看重自己的那些小说。

周瘦鹃在现代文学史上有两件事，可以拎出来当掌故谈。早在一九一七年，他就翻译过一套《欧美名家短篇小说丛刻》，周瘦鹃将高尔基译成“高甘”，这套书曾得到过教育部的嘉奖，据说嘉奖词就是鲁迅写的，当时鲁迅在教育部里任个小官，正好管这档子事。周瘦鹃一开始并不知道，事隔多年，到了五十年代初，他闻讯赶紧写文章纪念，因为鲁迅已经逐渐被神化，让他骂过或表扬，可以给当事者带来两种完全不同的命运。这种机会必须抓住，因为谁都知道，写鸳鸯蝴蝶小说的人不入鲁迅的法眼。

张爱玲最初的小说《沉香屑》，也是通过周瘦鹃发表。张送稿子去的时候，曾说了一个故事，这就是她母亲十分喜欢周瘦鹃小说，为他小说中的哀情落过不少眼泪，并曾冒昧写信，劝他不要往下写了。周瘦鹃当时正在主编《紫罗兰》杂志，听了这段带有恭维意味的故事，很乐意，尽管他已记不清了。

周瘦鹃很看重自己的盆景艺术。盆景曾给他带来许多名声，早在一九三九年，他培植的盆景就在上海的中西莳花会上夺得总锦标杯。他的盆景被拍摄成电影纪录片，制作成画片，在全国各地巡回展出，还被送到北京迎宾馆。时常有闻人和要人去参观他的盆景，有中国的，也有外国的。比如周恩来、董必武，当时的副总理中，有几位去过周瘦鹃家。还有副委员长班禅一家人，以及两位元帅刘伯承和叶剑英。叶剑英元帅显然是盆景的爱好者，他竟然到周瘦鹃家去做过三次客。周瘦鹃的家在苏州，所有参观者都得专程赶去，由此可见他的盆景如何了得。

有文章说，“九一八”以后，周瘦鹃感慨国事日非，文章无济于事，于是投笔毁砚，凑多年卖文之积蓄，移情于花木小石盆景，终年陶醉其间，自比陶渊明和林和靖。这也许只是一方面，事实恐怕并非如此。周瘦鹃离开文坛，自有其苦衷。他发表了张爱玲的小说以后，为了表示感谢，不喜欢与人打交道的张爱玲，曾破例请周瘦鹃到自己家吃了一次午茶。这是一种带有英国情调的招待，然而事情也就是到此为止。

最初的两篇小说发表以后，张爱玲一发而不可收，迅速成名，但是她从此再也没有给《紫罗兰》写过稿子，而且再也没有与周来往过。毕竟是道不同谋不合，以张爱玲的傲骨，内心深处当然不会看上旧派的小说。我想无论是周瘦鹃，还是张爱玲，恐怕都会觉得《紫罗兰》不是一个好刊物。从《紫罗兰》作者和读者的队伍来看，不可否认在档次上有些小问题。文学圈子里的人都不屑于和它来往，初涉文坛的张爱玲显然很快就意识到了这一点。周瘦鹃是一个有鉴赏力的人，可惜他有太多的旧式趣味，这些趣味严重地阻碍他在文学上的发展。我顽固地认为，周瘦鹃移情花木丛中，和意识到鸳鸯蝴蝶这一派的小说没有太大的意思有关。周瘦鹃不继续写小说，应该说是一件好事。

新中国成立以后，周瘦鹃显得很激动，对新中国充满欢喜之情，这从新中国成立以后他写的一系列文章中可以看出。在“文化大革命”前的这一段日子里，他过得应该算是很不错的，经济宽裕，充满闲情逸致，往来无白丁，常常有些大人物突然拜访。他是文坛的老前辈，为人厚道而且真诚，即使那些不喜欢他小说的人，依然对他很尊重。他培植的盆景名声越来越大，成了真正的园艺家。陶渊明与林和靖这样的古人，周瘦鹃不自许，别人很自然地也会联想到。不同之处在于，作为古人的陶渊明和林和靖，他们的精神是出世的，而周瘦鹃则不能免俗，随时想到入世。正因为如此，他的悲剧结局更让人感叹。“文化大革命”开始，他的花园被夷为荒墟，诗文书画流离散失。他一辈子从没受过这样的委屈，士可杀不可辱，结果周瘦鹃在园中投井自杀。那是一口很小的井，人钻进去很不容易。多年以前，周瘦鹃的小女儿玩耍时，不小心掉在井里淹死了，他最后选择这样的结局，说来让人感到心碎。

临死前，周瘦鹃悄悄来到上海，请了几位老友，在馆子里吃了一顿，算是告别。此时正是“文化大革命”热火朝天之际，周瘦鹃很平静，老友们并不知道他去意已定，大家都是自身难保，有此聚会，唯有喝酒，尽兴地喝酒。酒喝完了，周瘦鹃的故事也就到了尽头。

后记：

陆文夫先生看到此文后来电话，说周瘦鹃小女儿掉井里淹死是误传。周家有一小孩掉河里淹死，周因此对水忌讳，担心其他孩子会有不测，就将自家的井填了。后来，孩子大了，人去周家参观，喜欢探头去看那眼枯井，都说还是让井有水好，于是又请人淘井。据说周在井淘好之后曾戏言，日后投井倒方便了。此外，周最后在上海与老友共聚也不确切，当时很乱，他是去了上海，却没敢见朋友，更不敢上馆子。也就是说，实际的故事比我最初知道的还凄切。

范烟桥

郑逸梅先生在提到范烟桥先生的时候，曾说他是“朴学大师章太炎的高足弟子”，我对此颇有疑问。章门弟子遍天下，能够称为高足的，并没有几位。印象中，是不是正式拜过师都很可疑，谁是谁的学生，谁又是谁的老师，这种事有时候千万不要当真。可以作为谈资的，是范烟桥的《茶烟歇》结集出版，请老先生题书名以壮声威。太炎先生好古字，他老人家把“茶”写成了“茶”，因为茶之本字就是茶。

这是三十年代初期的故事，当时的左联文学和大众文学运动，正闹得如火如“茶”，这种书蠹似的复古，照例是要受攻击的，出版社因此不能接受，这不仅不通俗，而且等于在封面上印了一个有争议的“错”字，于是和范烟桥反复协商，将太炎先生的字移到了扉页上。太炎老先生是否生气，不得而知，反正一两年后，老人家就骑鹤仙去。《茶烟歇》正式出版，是一九三四年，一九八九年曾以影印的方式，又印一次，只印了一千多本。记得我当时买了一本，完全冲着印数低。这种书，错过了一次，下次再也不会遇到。关于这本书，范烟桥的题词是：

酒力醒；茶烟歇，
（卌）年闻见从头说。
等闲白了少年头，
讲坛口舌；文坛心血。

“茶烟歇”三个字搁一起，确实是一种很好的意境。郑逸梅对这本小册子评价很高，相信现在看过此书的人并不多，平心而论，没有什么太大的精彩。我读过许多民国初年的笔记，这本东西似乎还入不了上品。例如《况惠风髦年置妾》，就是以一种津津有味的笔调，写词人况惠风暮年讨小老婆，一帮好事者跟着起哄，“乃觅一理发匠女以献”。又如《婢有巨识》，写一婢女不服从主人的安排，却慧眼识英雄，看中了一位五十未获功名的书呆子。这种文字趣味，让充满新思想的人，看了很不舒服，把肉麻当有趣。提到当年鸳鸯蝴蝶派，范烟桥多少逃脱不了干系，起码这趣味有些接近。

范烟桥应该与周瘦鹃放在一起谈，一段时间里，两个人在文坛上常被同时提到。自然是趣味近，有共同的读者。与同为苏州籍的作家周瘦鹃一样，范烟桥也爱花，小传上说他“爱花，唯健忘，往往灌溉失时，以至憔悴”。仅此一点，反倒看出了他与“花木专家”周瘦鹃的不同。范烟桥当过小学教员，还干过县教育会长的差事，大约是很擅长说故事，为调皮捣蛋的孩子上课，竟然能让大家“咸欣然聆教”。这种功夫，也发扬光大在他的小说中，到了二十年代初期，范烟桥的小说在上海滩有很不错的市场。他似乎是好“黑幕”一类的小说家，因为他最初的声名，全靠刊登在《时报》和《小说月报》上“谤文”小说获得。他的笔名叫“余晷”，创作旺盛的时候，“每日数千字以应，一年之间，合杂著计之，当达百万余言”。

范烟桥这类小说读者之多，让任何严肃作家望尘莫及。新文学阵营联手进行了围剿，说过许多忿忿不平的话。辩护者将这类文字归为欧洲“写实小说”的影响，并预言“黑幕小说，这时候人人都要唾骂；过了二十年，个个都要恭维”。

时过境迁，好多个“二十年”已逝去，黑幕小说只要有机会，都能再火上一把。过去是这样，现在是这样，将来可能还会这样。媲美欧洲小说当然是蒙人的鬼话，甚至揭露官场“腐败与黑暗”也只是幌子，黑幕小说流行的基础只是小市民心理。究竟什么是黑幕小说，很难有定评，周作人曾为这类小说下过结论：

> 黑幕是一种中国国民精神的出产物，很足为研究中国国民性社会情状变态心理者的资料；至于文学上的价值，却是“不值一文钱”。

或许被痛骂的原因，“黑幕”二字已成了恶谥，谁也不想沾。范烟桥所撰的《民国旧派小说史略》中，就没有黑幕小说这一样。他用四两拨千斤的巧劲，将被新文学阵营痛斥的一些文章，浑水摸鱼地归纳为“社会小说”。凭我的记忆，范烟桥这篇很长的偷偷辩护的文章中，甚至没提自己的名字。提不提是一种策略上的考虑，然而他大约是不会忘记自己当年的风光，曾经一年发表了文字上百万字的作家，不可能对过去的历史无动于衷。

写得多是一回事，毕竟还不能说范烟桥大红大紫，为旧派小说家排座次，掰起手指计算，要数好一会儿才能轮到他。当时的稿酬标准，好的五元或者六元，差的是两元或者干脆没有，因此以挣钱论英雄，也轮不上他。旧派小说家大都是快枪手，范烟桥写作每小时就可以有千字，他的《孤掌惊鸣记》和《孤岛三月记》，都被誉为巨著，都是不到一个月就写完。旧派文人的玩意他都会，写字，作画，好酒，犹喜欢品茗，酷嗜“洞庭碧螺春”，柳亚子先生写诗为他捧场：

茶烟歇候鬓丝青，娓娓清言入杳冥。
不学羽琌孤愤语，珊瑚击碎有谁听。

范烟桥很在乎文章的微言大义，曾说过“事出有因，查无实据”，如果前后颠倒一下，说成“查无实据，事出有因”，意思会完全不同。这不只是文字游戏，要细细品味才能有觉悟。在文字方面，旧派小说家显然要比新小说家讲究一些，对新派人物谈到文学革命，言必称五四运动，他在《白话文》中指出：“不知光绪中叶，已有白话文之提倡，惜乎科举之余焰未息，其势有所弗敌，故消沉而不能光大。”他以柳亚子所办的《自治白话报》为例，说该报以投赠的形式送阅，其中的文论、小说、歌谣等都是白话，看的人不少，叫好的人也多，但是因为时机未到，终究未能形成气候。因此，新文学不过是沾了天时地利人和之光，谈不上什么开天辟地，毕竟不是首创。不过这种容易引起抬杠的话，在范烟桥的文章中并不多见，他行文通常是点到为止，对新文学阵营敬而远之，和周瘦鹃一样，采取的是惹不起躲得起的消极态度。

在旧派文人的路子上，范烟桥有意无意越滑越远。由于二十世纪是新派的天下，凡事都忌一个“旧”，因此他既在文坛之中，又更在文坛之外。除了小说和小品文，范烟桥也写弹词，有《太平天国弹词》，还有《玉交柯弹词》。在二三十年代，电影业刚兴起，很快由默片转入有声片。和今天一样，电影插曲很容易流行，当时女明星周璇主演的片子，因为她的金嗓子，动辄得来一段，而填词这差事，很多都落在范烟桥身上。他对昆剧很有研究，郑逸梅先生说他“用长短句，协平仄韵，推陈出新，动听悦耳，经周璇运腔使调，遏云绕梁地唱着，不知吸引了多少影迷”。

据说范烟桥最得意的填词，是《西厢记》被搬上荧幕，他亲自编撰了《拷红》一曲，曾经十分风行，到处传唱。

俞平伯

印象中的俞平伯先生是个老小孩。七十年代初期，有一次我姑姑请吃烤鸭，地点在西单附近，是一家有名的老字号，正吃着，姑姑低头说，隔壁桌上的老先生，好像是俞先生。我大伯母也在，看了一眼，点点头说当然是他。那时候还是“文化大革命”中，轰轰烈烈的暴风骤雨已过去，正处于相对平静。大家偷偷上馆子，朵颐大快，熟悉的人见面都不打招呼，因为吃喝毕竟有资产阶级的嫌疑。或许面对面的缘故，印象最深的是圆圆的大脑袋，穿着旧衣服，看上去像个淘气的老和尚，胃口极好，不停地吃，津津有味。

后来看杨绛先生的《干校六记》，提到当时的下放：

> 两连动身的日子，学部敲锣打鼓，我们都放了学去欢送。下放人员整队而出；红旗开处，俞平老和俞师母领队当先。年逾七旬的老人了，还像学龄儿童那样排着队伍，远赴干校上学，我看着心中不忍，抽身先退……

读了这段文字，心头也不由得“不忍”起来。想当年的高干子弟，当了知青回京探亲，去莫斯科餐厅或者新侨饭店吃西餐，因为肚子里缺少油水，食量之惊人让服务员目瞪口呆。饱汉不知饿汉饥，算算日子，那次遇到俞先生猛吃烤鸭，大概是刚从干校遣归回京。老夫聊发少年狂，能有如此好胃口，显然遭遇了一番磨难。他在干校待了一年多时间，搓搓麻绳，看看厕所，干的是轻活，毕竟年岁不肯饶人。当时生活条件的艰苦，已有不少文字报道，他老人家自己也赋诗记录：

> 炉灰飘堕又飞扬，清早黄昏要扫床。
> 猪矢气熏柴火味，者般陋室叫“延芳”。
>
> 螺蛳壳里且盘桓，墙罅西风透骨寒。
> 出水双鱼相煦活，者般陋室叫“犹欢”。

“文化大革命”中最流行的一句话，是改造思想。江山易改，本性难移，人的世界观一旦形成，想再硬改造过来，可能性微乎其微。好在俞先生永远有一份童心，即使“文化大革命”那种不堪的日子，也能平静对待，无怨无悔。祖父老笑他一手好字，可是写完一封很漂亮的信，却怎么也叠不整齐，马马虎虎往信封里一塞完事。祖父非常喜欢俞先生的字，来信总是读了又读，有时候还给小辈讲解他的书法好在什么地方。俞先生与祖父有着七十年的交情，最近出版的《暮年上娱》，收录两人晚年的通信，厚厚一大本，竟然有四十五万字之多。老派人很讲究细节，偏偏俞不拘小节，俞家是江南名门，数世单传养尊处优，一向由佣人伺候，像叠信纸这种书僮干的活从不往心上去。

俞先生早年曾与傅斯年先生一同出国留学，可是出去没几天，就仓皇地跑了回来。学费当然是个问题，没人照料也是主要原因。说他五谷不分四肢不勤，大约算不上冤枉。俞先生是我所见到的老人中，最有少爷脾气的一位。说到他，大家就觉得好笑，因为少爷脾气说白了还是孩子气。一个人终身都能保持住孩子气，是一件非常可喜可贺的事情。譬如遇到喜欢吃的菜，他似乎不太想到别人，一盘虾仁端上来，尝了一筷，觉得味道好，立刻端自己面前尽情享用。又譬如抽烟，烟灰与烟缸无关，懒得去掸一下，烟灰不断地落在胸前衣服上。记得“文革”后期，有一次请他吃饭，来了几位老先生，都是会吟诗的，吃着喝着便诗兴大发，抑扬顿挫朗诵起来。做小辈的轮不到上正桌，俞先生吃着吃着，突然童心大发，离桌来到我们这帮孙子辈面前，红光满面吟了一首古诗。我只记得怪腔怪调，一句也没懂。

俞先生是个典型的才子。记得大学读书时，老师讲大学问家，不外乎几种途径，一是出自名门，一是源于名师。俞先生两条都沾，曾祖父俞樾是曾国藩弟子，又是国学大师章太炎的师傅。父亲俞陛云考场得意，高中探花。他自己出身北京大学，是旧派人物黄侃的高足，是新派领袖胡适和周作人的学生。文学史上谈到白话散文，常把他尊为一家。平心而论，他的散文并不算太好，文白交织有点拗口，还有点洋腔洋调。说好，是因为有才，说不好，是因为略有些卖弄才。

当然，卖弄才也是孩子气的另一种表现。俞先生的看家本事，还是旧学根底。他的文言文炉火纯青，对唐诗宋词有独到的领悟能力。他的字和旧诗都是一流的，同龄人中间，达到同等高度的人并不多。俞先生生于上世纪初年，在他所处的时代，旧学问以惊人的速度退化，结果他一身好本事，并没有得到真正的展开。不管怎么说，还是属于幸运，针对上个世纪的动乱，好歹也是善始善终，虽然不得志，却还算不上太“郁郁”，因为他一直活得比较天真。

看朱自清先生日记，常可以看到俞先生闹加薪。他们是好朋友，朱自清当了系主任，俞先生要闹，当然是纠缠他。朱颇有帮不上忙的苦恼，在清华，没有洋文凭，照例要吃些亏。少爷脾气的人通常不太会过日子，公子哥儿都是花钱的主，用钱胜于挣钱。俞先生不止一次受到批判，最著名的《红楼梦研究》批判，还有“文化大革命”中下放干校，说到底还是公子落难的小插曲。他的生活待遇大多数情况下是好的，是一级研究员，是全国人大代表。

如果没有《红楼梦研究》批判，如果不是毛主席在运动中点他的名，俞先生绝不会有那么大的世俗影响。败是这本书的批判，成也是这本书的批判。今天大家都知道，他成为活靶子挨批，是因为更应该挨批判的胡适远在国外。他不过成了出气筒，成了泄愤的容器，本来很简单的学术之争，竟然上升为一场阶级斗争，而《红楼梦》也逐渐成为“显学”，谁都来插一杠子，都想成红学家。

粉碎“四人帮”以后，红学热闹非凡，动辄又把俞先生当名角搬出来，真让人哭笑不得。他活到了九十岁，死前得到了很多荣誉。其实《红楼梦研究》在一开始就是戏，因为手稿刚完成，便稀里糊涂地弄丢了。如果真遗失，后来可能是另外结局，偏偏朱自清逛旧书摊，无意中又发现了这部手稿，捡到的人竟然当废纸卖了。于是书得以《红楼梦辨》的书名正式出版，印了几百本。这是二三十年代的旧事，到五十年代初期，俞先生因为父亲过世，跟书店借钱安葬，还不出账，只好以抵债的形式，将旧稿加上两篇小文章，换个书名出版。这一出版，很快遭遇了大批判，年轻的李希凡与蓝翎脱颖而出，迅速成名，俞先生也因此成为资产阶级反动学术权威。

无法想象俞先生这样的书呆子还能做什么反抗，他立刻高举双手投降，心悦诚服地成为大批判对象，又受之无愧地成为团结和保护的样板。这是不堪回首的往事，《红楼梦研究》批判拉开了文化人大劫难的序幕，紧挨在一起的是反胡风，然后反右，然后“反右倾”，最后是“文化大革命”。

吕叔湘

吕叔湘先生是苏南的丹阳人，与苏州人放一起谈，是忘不了他一口吴侬软语。他属于那种长期在北方工作的南方人，不知道公众场合说不说普通话，反正几次见到他和祖父聊天，腔调都很接近苏州话。或许因为曾在苏州生活过，或许因为治语言学，有很强的语言能力，我一直误以为他是苏州人。

吕先生和俞平伯一样，都是比祖父小，又为祖父敬重和钦佩的人物。俞先生是名士，两耳不闻窗外事，对政治不感兴趣，对社会也不感兴趣。晚年的俞先生喜欢读林译小说，突然有了兴趣，于是就找出来阅读，读了也就读了，纯粹为解闷。俞才华横溢，童心未泯，给人的感觉是认真两字不算十分突出。吕先生正好相反，在学问的路子上，俞是出世的，吕是入世的。俞活得像个艺术家，吕更像个有社会责任感的人文学者。只要举几本吕先生年轻时翻译的著作就足以说明问题，譬如罗伯特·路威的《文明和野蛮》和《初民社会》，又譬如八十年代末期为劳伦斯的《沙漠革命记》写的题记，在这篇字数不多的文章中，他非常清晰地介绍了中东冲突的根源，文章结尾处，他写道：

> 是不是以色列和阿拉伯国家之间不会再爆发战争呢？很难说。黎巴嫩的内战就有以色列参加在内，不过由于埃及和叙利亚各有各的打算，不再合作，约旦置身事外，伊拉克陷在对伊朗的战争之内，再加上巴勒斯坦解放组织内部的团结问题，像前几次那样的壁垒分明的战争也许不会再出现。
>
> 但是这不等于说巴勒斯坦的问题已经解决。多少年以前，爱因斯坦，他本人是纳粹反犹运动的受害者，犹太复国主义的赞助者，可是他对二十年代巴勒斯坦的犹太人对待阿拉伯人的做法就提出过批评。他说："如果我们找不到同阿拉伯人诚恳合作和诚实交往的途径，我们就是没有从二千年的苦难中汲取任何经验教训，也就应当接受落到我们头上的任何命运。"

俞先生身上多少还有些遗老遗少的脾气，吕先生绝对没有。以俗名论，他没有俞那种曾经家喻户晓的影响，但是汉语言学这个范围，尤其汉语语法研究方面，尊为一代宗师并不过分。桃李满天下，他的高深学问远不是我这样的外行可以评论。想说的只是，吕先生的身上具有人文关怀色彩，他的为人足以作为楷模，祖父就经常教育我要向他学习。他是我见到的活人中间，最讲究认真做人的人，像我伯父叶至善，是出身开明的老编辑，写完文章喜欢请吕先生过目，请他提些意见。认真起来是没有底的，伯父常说，文章经过吕先生的法眼，心里可以踏实许多。

我们家无论是谁，看到文章里的错字病句，就忍不住会说："要是吕先生看到了，肯定气得够呛！"他的一生，都在和不健康的语句做斗争，努力维护着汉语的纯洁。八十年代中期，吕先生发现《人民文学》上的错误实在太多，忿忿不平地写信去一一订正，杂志上于是发表了一封短信，一本正经地向吕先生表示谢意，可是这封短短的感谢信，竟然也是错误不断，甚至把吕叔湘的名字也给写错了，写成了"吕淑相"。我们全家捧着那期《人民文学》哈哈大笑，因为想象不出吕先生会气成什么模样。文章里有些错免不了，可是这次错得太离谱，已经接近了幽默。记得当时的《人民文学》正因为某篇文章的"思想问题"吃批评，我父亲想写信告诉吕先生，希望他能在这种特定时刻放人一马，但是最终还是没敢，因为以吕先生的认真态度，就事论事，这种打招呼只会让他更生气。

成天和语法打交道的人，难免给人一种语言无味面目可憎的错觉。我在大学读书，最讨厌的课是现代汉语，最不愿意读的是语言学前辈高名凯的文字。语法有时候像一副铮铮发亮的手铐，锁住了写作者的手脚，而语言学家常常扮演恶婆婆的角色，动不动就挑小媳妇的刺儿。吕先生的过人之处，在于他竟然把一门最枯燥的学问，做得绘声绘色津津有味。换句话说，他从来没有让读者感觉到无味和可憎。

吕先生的文字功力是第一流的。他翻译的民俗学著作，不仅在学问知识上对人有帮助，译文本身也是很好的汉语教材。我父亲谈起自己的写作，总说他最初的文笔就是受了吕先生译文的影响。在父亲的文学少年时代，吕先生翻译的萨洛扬的《我叫阿拉木》曾经风行一时。附带说一句，我也很喜欢萨洛扬的小说，像《漂亮的白马》和《石榴树》，曾留下非常深刻的印象。

粉碎“四人帮”以后，吕先生的《文言虚字》再版，第一版就印了十七万册，由此可见他著作的受欢迎程度。文言文是一门很深奥的学问，吕先生的强项是深入浅出。能够深，是指达到了许多前人未有的高度，并且成为一代宗师。能够浅，是指把自己的研究成果，用最平白的方式教给别人。吕先生在语文教学的圈子里，是振聋发聩的人物。他的名言是“教学教学，教别人学”。对于学术界来说，吕先生最重要的两部书，无疑是《汉语语法论文集》和《近代汉语指代词》，对于学术之外的人来说，他的民俗学翻译著作和《文言虚字》的影响更大，读者的得益更多。吕先生还把许多精力放在了中学教育上，非常巧妙地把学术的象牙之塔，与中学生的文化普及教育联系了起来。我不知道还有没有哪位中学语文教师，竟然未读过他的《开明文言读本·导言》。从吕先生关注的问题中获益，实在是太多太多。

九十年代初期，我的朋友朱伟在《读书》杂志上吹捧《夜泊秦淮》，吕先生看到文章，写信给父亲，让我寄一本小说给他。父亲很激动，受宠若惊，因为一向敬重这位父执，没想到他会关心起自己儿子的习作。父亲一生中写了什么文字，也与伯父一样，常寄给他指正，而且称呼也容易，称“先生”就行，因为只低了一辈，用不着太客气，毕竟他比祖父还小十岁。轮到我，这称呼就有些麻烦，父亲先还大大咧咧，觉得怎么样都行，可是很快发现称呼什么都不太合适。叫“先生”不行，太不恭敬，毕竟隔了两代，叫“丈人”或者“大人”，又过于老派，而且有一股酸腐气，这是现代汉语必须反对的。父子两人讨论了半天，最后父亲说，删繁就简，写“吕公公教正”吧。于是就这么写了，写了以后，仍然觉得不是很好，仍然还在琢磨，继续讨论。当时电视上曾热播武侠连续剧，这“吕公公”听上去，多少有些怪怪的，仿佛是反面人物一样。

称呼吕公公，因为平时就这么叫。嘴上喊与写出来，感觉完全不一样。记得当时送的是台湾版本，那时候台湾印的书，装帧与大陆相比，要好得多，用纸也讲究，心想书是够漂亮的，只怕内容和扉页上的题款，要不入他老人家的法眼。因为敬，所以怕，既希望他能提些意见，又害怕挑出一大堆毛病来。结果是没有任何反应，寄去也寄去了，吕先生当时快九十岁，能承他惦记，已经非常感激。

吴　宓

最初知道吴宓先生，是把他当作新文学的反面人物。只知道这人好抬杠喜欢吵架，保守得接近可笑，凡是胡适先生赞成的，他都要反对。反对胡适也算不了什么大错，因为一九四九年以后，胡适跟国民党走了，仅仅是反对胡适，也算是与共产党保持一致。吴宓还反对鲁迅，反对一大堆二十世纪初大家认为是新的事物。

如果吴宓是一位遗老遗少，这也罢了。偏偏这位迂夫子是留洋学洋文的，是当年不多的几位部聘外国文学教授。在野鸡大学里混一块教授头衔或许不太难，真要是由教育部特聘，这可有些像今日的学部委员了。吴宓先生的学问用不着再介绍。他的学问足以吓死人，他是中国比较文学的鼻祖，我们今天外国文学方面的一些专家学者，有许多都是吴宓先生的受业弟子。他的弟子如今没混到一个博士导师资格，就应该算不长进的。吴宓赞美文言文，反对白话文。是一位新派的古董。

有一位很著名的教授，形容吴宓的外貌，说他的脑袋像一个炸弹，使人觉得随时随地都会爆炸一样。这是吴宓得意时的写照，关于他的梗直，确实流传下来许多笑话。其中之一便是如痴如醉喜欢《红楼梦》，认为此书是古今中外的第一本好书，并且近乎肉麻地称自己为紫鹃，理由是紫鹃对林黛玉的爱护是纯粹。很典型的一个笑话，是抗战期间昆明有家牛肉馆，老板突发奇想，竟然取名为“潇湘馆”。潇湘馆乃是林妹妹住的地方，岂能这番亵渎，于是吴宓先生提着手杖跑去一顿乱砸，一个社会名流大教授，这种做法颇有些像不讲理的国民党伤兵。

我一向怀疑，今日许多名人轶事，全是当年小报记者的添油加醋。吴宓愤怒时，确实说过“欲尽杀一切谋改汉文之人”的狂话，是书呆子的牢骚，当不得真。他显然是性情中人，自称古典主义，却更加浪漫主义。事实上，吴宓不仅喜欢林妹妹，对世界上所有的女性，都有一种发乎情止乎礼的热爱。他本质上是个对政治不感兴趣的人，他的至理名言骇人听闻，除了学术和爱情问题，一概免谈。他带着学生在街上走，迎面过来一辆车，便奋不顾身地举起手杖，让身边的女学生上了人行道，才放车子过去。他的做派很有些像西方的绅士，当然更像堂吉诃德。作为大名鼎鼎的教授，口袋里的钱自然要比学生多，但是活在物价飞涨的年代里，仍然一样清苦。用当时流行的话说，教授教授，越教越瘦。瘦也得请客，吴宓常常口袋里揣着钞票，带着心爱的女学生去打牙祭。小馆子里坐下，神情严肃地拿过菜单，用正楷在小纸片上写下要点的菜及其价格，一笔一笔算清楚，估量口袋里钱真的够用，这才交给跑堂。

吴宓一生中爱过的女人无数，最荒唐的，就是为女学生作弊，自己翻译了文章，署上女学生名字，推荐出去发表。为人师表这么做，显然太过分，他一生中，曾被太多的女人利用，所谓聪明反被聪明误，鱼没吃着，沾了一身腥。在吴宓所爱的女人中，占有最重要位置的，是毛彦文，他曾向别人描述过数不清的版本，结果后人根本就弄不清哪个故事才是真的。吴宓死后，留下大量的日记，这些日记随处可见毛彦文的名字，然而即使是他自己留下的文字，也需要读者仔细辨别才行。吴宓的日记中，还有很多别的女人，数量之大，范围之广，同时期文人绝对无法比较。

吴宓的情感生活是丰富的，这种丰富，永远无法代替现实生活中的寂寞。在日记中，他不止一次提到自己的“生活性欲之不满足”。他是个斤斤计较、锱铢必较的认真人，虽然“复为性欲压迫，几不能一日平静”，但是他并没有寻花问柳，道德败坏地去玩弄女学生。毕竟，爱女学生和玩弄女学生有着天壤之别。

吴宓曾说过，他的一言一行，都以圣人为榜样。他心目中的圣人是孔子、释迦牟尼、苏格拉底和耶稣基督。我们在今天常会奇怪，过去的学人，怎么有那么大的学问。就说留学，这些年往国外跑的也不在少数，为什么今天学人的学术根底都戳穿不得。说穿了或许很简单，这就是今天的学人，没有前辈们活得那么纯粹。知识是一种积累，而在今天，知识常常只是一种谋生的手段，稍稍学得了一些皮毛，就迫不及待地拿去换钱。钱穆先生在他的回忆文章中，有一段文字记录了吴宓的认真：

> 当时四人一室，室中只有一长桌。入夜雨僧则为预备明日上课抄笔记，写提要，逐条书之，有合并，有增加，写成则于逐条下，加以红笔勾勒。雨僧在清华教书，至少已逾十年，在此流寓上课，其严谨不苟有如

此……翌晨，雨僧先起，一人独自出门，在室外晨曦微露中，出其昨夜所写各条，反复循诵，俟诸人尽起，始重返室中。余与雨僧相交有年，亦时闻他人道其平日之言行，然至是乃深识其人，诚有卓绝处。

吴宓字雨僧，早年就读北京清华留美预备学校，有一个擅写诗的好朋友吴芳吉，在一次学潮中两人双双被开除。事后，校长宣布凡写悔过书的人，均可以恢复学籍，毕业后留学美国。结果吴宓胆小，放弃当初的许诺，写了悔过书，顺利念完清华，如期出国深造。一进一退，结果自然不一样，吴宓学成归国，前途辉煌，吴芳吉则因为拒绝悔过，回乡当了教师，潦倒一辈子。此事让吴宓愧对友人，悔憾一生。吴芳吉在清贫中英年早世，吴宓主动承担起了照顾吴芳吉遗属的责任，几十年如一日。

在中国的名牌大学里当教授，曾经可以过非常奢侈的生活。吴宓读清华的时候，清华还只是相当于今天的中专，因为有留美这样的特殊背景，清华越来越阔，越来越牛气。吴宓是清华大学的元老，按资历，要在闻一多之上，闻是吴晚几届的校友，他出国留学的时候，吴差不多是回国，一九二七年，闻一多出任东南大学外国文学系主任，月薪大约三百元，这相当于今天的一万二千元。以吴宓的名气和资格，收入也不会少于这个数目。当时的名教授不仅有经济地位，还有很好的社会地位。国民政府定都南京，北京改名北平，官僚们纷纷南下，北京成为一座名副其实的文化城，有着非常良好的学术环境，这段黄金岁月让后来的许多文化人向往。

国学大师王国维自沉颐和园，遗书中指定陈寅恪和吴宓处理自己留下来的书籍，由此也可见王对陈吴两位的信任。在吴宓的故事中，陈吴长达五十年深厚的友谊被人津津乐道。做学问的人眼里，教授是个了不得的头衔。在知识不曾贬值的日子里，教授货真价实，代表应得的荣誉和地位。教授的意义，是我们今天许多俗人无法理解。吴宓的幸运，在于很轻易地就得到了教授的头衔，因为这头衔，他享受过世俗眼里的好日子。然而，吴宓毕竟不是趋时的人物，比较文学变得时髦是后来的事情，他的学问虽不像陈寅恪那样曲高和寡，却同样难逃无人喝彩的厄运。吴宓的寂寞常人难以想象，在并非如意的一生中，他没有像王国维那样轻易了断，而是在历次的政治运动中不知所措，尤其在史无前例的“文化大革命”中吃尽苦头。

陈寅恪死于一九六九年，临死前，在病榻上还被迫做口头交代，直至不能说话为止。陈寅恪最后的声音是，“我现在譬如在死牢之中”。吴宓虽然熬到了一九七八年，但是左的思潮尚未肃清，依然被遣送回老家，住在他年老的妹妹那里，眼睛已经看不见，神志也一天天昏迷，他最后的声音只是渴了就喊饿了就叫：

> 给我水喝，我要吃饭，我是吴宓教授。

陈寅恪

闲话了吴宓，不说一下陈寅恪，实在有些意犹未尽。吴宓曾经说过，在中国的学人中，学问大的，老的首推陈寅恪，年轻的便是钱钟书。陈寅恪长吴宓四岁，是吴宓生前最敬重的挚友。“文化大革命”中，自身难保的吴宓给陈寅恪所在的学校发了一封信：

广州国立中山大学革命委员会赐鉴：

在国内及国际久负盛名之学者陈寅恪教授，年寿已高（一八八〇光绪十六年庚寅出生），且身体素弱，多病，又目已久盲——不知现今是否仍康健生存，抑已身故（逝世）？其夫人唐稚莹（唐筼）女士，现居住何处？此间宓及陈寅恪先生之朋友、学生多人，对陈先生十分关怀、系念，极欲知其确实消息，并欲与其夫人唐稚莹女士通信，详询一切。故特上此函，敬求 贵校（一）复函 示知陈寅恪教授之现况、实情。（二）将此函交付陈夫人唐稚莹女士手收。请其复函与宓，不胜盼感。

这封发自乱世的信，自然不会有什么结果。其实此时，让吴宓挂念的陈寅恪夫妇，已在两年前相继去世。吴宓在美国哈佛大学时曾与陈寅恪同学，又在国内清华大学及西南联合大学同任教授多年，他们之间有着长达五十年的深厚友谊。大难临头，“劳燕分飞”，从这封信中，不难看出吴宓的担心。据说吴宓至死都不知道好友陈寅恪是否还活在人间。早在一九六一年秋，吴宓曾去广州看望过陈寅恪，正是三年困难时期，两位老人相别，陈寅恪写下了这样的诗句：“暮年一晤非容易，应作生离死别看。”陈的强项是历史学，他的眼睛完全失明，和外界的联系并不多，但是已预感到事态发展的结局。

吴宓和陈寅恪相聚的一九六一年秋天，政治气候还不算太紧张，第二年春天，胡乔木走访陈寅恪，陈因为书稿交付书局多年，迟迟不见出版，忿忿地说自己“盖棺有期，出版无日”，胡乔木出身清华，应该算是陈的学生，笑着说：“出版有期，盖棺尚远。”这时候，困难时期已到尾声，知识分子正处于一九五七年反右和一九六六年“文革”的间歇中，相比之下，日子要好过一些。陈寅恪因为是享誉国际的知名学者，属于顶级的知识分子，不仅学术界对他推崇备至，就连许多老资格的政府官员，对他也很敬重。开国元勋之一的陈毅到广州，曾经专门去拜访过陈寅恪。当时的中南局书记陶铸，这位广西剿匪期间以铁腕著称的武人，很佩服陈寅恪，在他的直接关照下，陈寅恪度过了一生中最安逸的一段时候。不仅给了他宽敞的住房，而且专门修了一白色甬道，以便双目失明的陈寅恪散步。陶铸听说陈寅恪喜欢听戏，还为他配了一台很不错的收音机，那年头，收音机是奢侈品。

陈寅恪最后死得很惨，和受到残酷迫害的陈毅与陶铸一样，都淹没在了“文化大革命”的海洋之中，无论是多么伟大的个人，在历史的大潮流面前往往微不足道。汪荣祖先生比较胡适和陈寅恪的差异，曾说胡是自由主义的“右派”，陈是自由主义的“左”派。陈寅恪对国民党没有好感显而易见，一九四八年，陈寅恪和胡适脱离围城北平，在广州足有半年的时间可以去台湾，但是毫不犹豫地拒绝了。胡适晚年的境遇与陈寅恪十分相似，一会被隆重礼遇，一会又被打入冷宫。或被利用，或被摧残，既是走投无路的一代中国知识分子的不幸，也是无奈。

出身名门的陈寅恪一生并不称心，他的祖父是湖南巡抚陈宝箴，父亲是大名鼎鼎的陈散原。陈散原是诗坛盟主，清末四大公子之一。陈寅恪的哥哥衡恪是著名的画家，齐白石就是靠其提拔而负盛名。陈氏一门，三代英才，这在中国史上极少见。陈寅恪自视甚高，晚年在写给学生的文章中，感叹说："呜呼！此岂寅恪少时所自待及异日他人所望于寅恪者哉？"观察陈寅恪的学术生涯，不能不为他的壮志未酬感到遗憾。

陈寅恪十三岁时，开始和哥哥衡恪一起东渡日本求学。十九岁，又赴德国留学，考入柏林大学，以后又在瑞士苏黎世大学和法国巴黎大学读书。第一次世界大战使他的学业不得不中断，直到大战结束，陈寅恪才去了美国的哈佛大学，主修梵文和其他外语。在哈佛攻读三年以后，陈寅恪再次进德国的柏林大学研究院深造，又苦读了四年。当时中国在德国有许多留学生，潜心苦读的并不多，为此，陈寅恪和傅斯年曾被戏为宁国府门前的一对石狮子，言下之意，只有他们两位是用功读书的。有文章记载，说了陈寅恪当年在国外常吃炒腰花，不是喜欢吃，而是因为腰花最便宜。由此可见，出身名门的陈寅恪，当时也穷得很。陈寅恪的女儿曾说父亲最糟糕的日子里，常常一早买了少量的便宜面包，即去图书馆度过一天。

难能可贵的，是陈寅恪在欧美留学多年，未曾猎取任何学位，完全是为读书而读书。不要学位，是对自己有信心，因为真正的学问和学位之间并没有必然的关系。陈寅恪读的书实在太多，据他的亲戚俞大维说，他早年就能背十三经，后来又掌握了近二十种外语，因此在见识上，屡屡表现出一种前无古人，后无来者的优势。陈寅恪是二十世纪最杰出的历史学家，他的治史，主要是以熟悉的中外各种文字为工具，合中西考证为一炉，走的是历史语文考证学派的路子。他对佛教史的考证，对唐史的研究，以及六朝史的论证，都有着非常独到的贡献。

陈寅恪生逢乱世，学术研究不断地为战火中断，收藏的图书资料和笔记屡遭破坏。他一生都缺少安心著书立说的环境，更让人心痛的，是在中年又双目失明。他后期的著作，全靠惊人的记忆，通过助手记录整理，因此他对自己后期著作，一概称其为稿。这不是故意谦虚，不妨试想一下，虽然博闻强记，一个人一旦失去了阅读能力，没有新的东西作为补充，他的研究水平不可能不打折扣。此外，晚年的陈寅恪度过一段安定的日子，但是政治气候的干扰，无疑会对他产生负面影响。

在留下的关于陈寅恪的传说中，更多的都是说他用力学问之勤，学识之富，著作之精，以及失明以后的记忆力之强，对他的文章以及治学方法所流露出的政治理想，很少有人提及。陈寅恪虽然没有像吴宓那样公开地反对新文化，但是和吴宓一样，都是站在新文化的对立面上。他的作品自始至终用的是文言，对颇为时髦的新文化运动，几乎没有任何评价。二十世纪的学术思想，总的来说，是新文化占上风，譬如胡适和鲁迅，都以创造新文化为己任。可惜创造新文化是一项艰巨的任务，弄不好就成了沙滩上的城堡。陈寅恪和吴宓一样，想维护旧文化的精华，在研究成果和学术水平上，要比吴宓出色得多，然而旧文化已到了末日，非人力可挽回。路曼曼其修远兮，新派的胡适鲁迅也好，旧派的吴宓陈寅恪也好，他们的理想其实都未能达到。这些学贯中西的杰出人物，无论是想创造，还是要维护，只能说是殊路同归。他们共同的地方，都是为自己的理想，无怨无悔地奋斗了终生。不以成败论英雄，奋斗终生，过程的意义要远远超过结果。

蒋百里

历史上许多人留下英名，不仅仅因为干过惊天动地的事业。有时候，风流韵事更能让人青史留名，譬如蔡锷大将军，民间所以还能记得，完全是妓女小凤仙的缘故。电影和小说演绎了历史上的英雄人物，结果我们今天重提蒋百里先生，不得不借助比他名气更大的蔡锷为坐标。不该被遗忘的，偏偏被遗忘，这样的事经常有。蔡锷是中国现代史上第一位真正意义的军人，他一生的目的，都是为了建立一支强大的现代化军队。可惜蔡锷将军壮志未酬，起兵反袁，破灭了袁世凯的皇帝梦，自己已病入膏肓。蔡将军是在日本过世的，当时只有三十五岁，死之前，日本人的飞机正在窗外训练，轰轰作响的机器声中，蔡锷将军感叹地对身边的挚友说："我们建设国防尚未着手，现代战争已由平面转为立体，我不死于对外作战，死有遗憾。”

蒋百里先生便是那位站在蔡锷身边的挚友。和蔡将军一样，蒋先生也是有志于建设国防的职业军人，他和蔡锷是日本士官学校的同学。日本士官学校是中国一代军事领袖的摇篮，从这所学校里走出来的，有大名鼎鼎的蒋介石，有孙传芳和阎锡山，还有何应钦。关于蒋介石的学历，有争论，这里不考证，只是套用流行说法。和蒋百里同期的除了蔡锷，出名的还有李烈钧、张澜、许崇智，都是了不得的人物。此外也可以加上后来成为日本军国主义分子的荒木祯夫、小矶国昭。

一九〇五年，蒋百里以步兵科第一名毕业，根据日本军部规定，士官榜首由天皇亲自赐刀，日本军人向来以此为殊荣，蒋百里让日本人好好地嫉妒了一番。蒋百里在日本学了六年军事，学成回国，没有急着做官，却找了个机会又去德国继续深造。

德国的步兵举世闻名。蒋百里在德军第七军充当实习连长。关于蒋百里在德国的轶事很多，其中最著名的段子，就是德国军事学家《战略论》的作者伯卢麦将军，曾拍着蒋百里的肩膀说："拿破仑说过，东方将出现一位伟大的将军，这句话也许就应在你身上了。”

一个世纪前，军国民教育曾经十分深入人心，学习军事是一件很光荣的事情，我们提到日本军国主义，不由怒不可遏，感慨万分，其实中国的政府和一代知识分子，也曾希望自己能够成为军事强国。清政府钦定的几条教育宗旨，很重要的就是尚武。国家越弱，民心越强，在那个特定的年头，甚至鲁迅这样的文弱书生，也穿上白色的柔道服参加训练。

中国民间的传统，好铁不打钉，好人不当兵。以蔡锷和蒋百里为代表的新一代职业军人，试图改变这一传统，但是个人的力量，毕竟微乎其微。

军国民并不是什么好东西，日本因此向外扩张，给亚洲人民带来深重灾难，而中国军人外战外行，擅长的只是军阀混战军阀割据，同样带来了许多祸害。作为一名职业军人，蒋百里从来就反对军人干政。他的理想是建立现代化的国防，以御外患，无奈新旧军阀横行，只能空抱报国之志。

蒋百里二十九岁时，当了保定军官学校校长。保定军官学校和后来的黄埔军校，出了数不胜数的军官，成为著名的两大军事干部派系。因为是一前一后，保定军官学校出身的人，往往可以去当黄埔军校的老师。当过保定军官学校校长的也不计其数，其中最有名的，莫过于蒋百里。不得不强调一句，蒋委员长也是保定军校出身，而且确凿无疑。这个学校出身的各期学生，不管是在蒋百里当校长前后与否，都尊他为老师，都以有过这么一位老师为荣。

其实蒋百里的任期只有短短半年，由此可见他为人师的魅力。蒋百里在保定军官学校的就职演说，虽然简短，却是印象太深刻。对于学生来说，这演讲有些过火，因为他在结束语时声明，如果自己不称职，“当自杀以明责任”。这种话，在学生看来，一定是说着玩玩而已，哪能说自杀就自杀呢。

半年后，蒋百里又一次召集学生训话，他有感于自己在北洋军阀的控制下，不能实施建军报国的大志，以沉痛的心情对大家宣布：“我初到本校时，曾经教导你们，我要你们做的事，你们必须做到，你们希望我做的事，我也必须做到。你们办不到，我要责罚你们，我办不到，我也要责罚我自己。现在看来，你们一切都好，没有对不起我的事，我自己却不能尽校长的责任，我对不起你们。”说完，拔出手枪，对着胸口就是一枪。没人想到蒋百里会真的自杀。军人以服从命令为天职，军中无戏言，他用自己的生命为学生们上了最好的一课。幸好他并没有就此一命呜呼，子弹虽然从身体中穿过，竟然没有打中要害部位。

蒋百里因此声名大震，当时的云南都督蔡锷首先向政府发难：要求北京政府查明事由，追究责任。结果国会对政府的责难，各省谴责政府的电报，各界人士的慰问函像雪片一样到处乱飞。军校的学生也很起劲，除了通电呼吁，还按省籍每省推举一个人到京请愿。蒋百里的自杀事件，一度使他成为明星一样的人物，事后军校的学生每人印制了一张蒋百里的小照，藏在身边以为纪念。要知道，蒋百里当时可以说是少年成名，有些学生的年龄和他相仿佛。

蒋百里一生屡获声名，并不得志。名声太大了，别人就不会太放心。他的志向是建立一支强大的国防力量，然而在旧中国，也就是个梦想。蒋百里的治军才大家共认，最多也只是当个参谋长的材料，没有谁愿意货真价实地把兵权交给他。

北伐时期，蒋百里成了各派军事力量争取的人物，几乎在同一个日子里，处于交战各方的蒋介石、吴佩孚，以及孙传芳，都委任蒋百里为自己的参谋长。枪杆子里出政权，尽管他没有任何政治野心，只要有点野心的军阀，就不会对他太放心。

抗战期间，蒋百里因为自己的威望，当过陆军大的代校长，陆军大的前一级是黄埔，比黄埔更牛，是一个升级版。民间有“穿黄马褂，戴绿帽子”之说，黄就是黄埔，绿就是陆军大，南京话绿和陆不分。校长一职，除了蒋委员长，没人敢染指。蒋百里成了中国军界的泰斗，可惜始终有名无实，他一生似乎没掌握过一支自己的军队，因此也没有什么机会上战场厮杀。

自从甲午海战以后，中日之间很难躲过一场战争。早在抗战爆发的二十年前，蒋百里就预言，中日之战不仅不可避免，而且最后将在平汉线以西决战。他预计到，一旦战争爆发，沿海一带首当其冲，日军将长驱直入，为了利于防空和坚守险要，应该在内地布防。蒋百里认为湖南是中国的乌克兰，工业核心应该分布于株洲至郴州一带。当时的大部分军事将领，都忙着争权夺利，都以速胜和速败的观点，来看待中日可能爆发的大战，事实上，蒋百里的持久战观点比毛泽东早了许多年。

一位终生研究东方问题的德国学者，生平没到过中国，这位傲慢的日耳曼人看不起现代中国人，说现代的中国人远不及历史上的中国人伟大。蒋百里去德国，有机会和这位东方问题学者一番长谈，他的观点让对方大吃一惊。这位德国人不得不重新调整自己对现代中国人的看法，原来现代的中国人，也有比得上古代中国人的。

蒋百里逝世于抗战期间，没能亲眼见到中国人的胜利。他的妻子是一位非常好的日本女子，由于中日的敌对，他们的爱情故事感人至深，完全可以编入小说传奇。他们的女儿蒋英成为一名很有名的歌唱家，后来嫁给了物理学家钱学森。

李叔同

同样是世纪初，上个世纪开始的时候，许多风气和今天完全不一样。那时候没有电视，报纸也不流行，更谈不上媒体的疯狂。有些热闹能上排行榜出风头的，只是那些无聊文人评出来的妓女。今日最红火的明星，譬如影视明星，譬如体育明星，当时还没有应运而生。哪朝哪代都得有人让大家眼红和羡慕，那年头的文化人准文化人，只崇拜有学问根底的角儿。譬如一代大师康有为章太炎，譬如梁启超王国维，谁后面都有一大群学生弟子追随，这些大师才是响当当的明星。

丰子恺读中学的时候，最崇拜的人是李叔同。和当时的许多大师不一样，李叔同并不是什么专门的学问家，既不是广收门徒的经学大师，又不是名牌大学的著名教授。他虽然留过洋，好像也没有什么过硬的文凭。丰子恺感到惊奇的，是看似平常的李叔同的多才多艺。李叔同在学校里只是一名普通的兼课老师，可是丰子恺吃惊地发现，李叔同几乎无所不能无所不精，他的国文比学校正宗的国文老师好，英文比英文教师好，绘画比美术老师好，钢琴弹奏得比音乐老师好。

我一向不太相信有什么天才，提到李叔同，还真不能不认这个邪。差不多在十年前，一个朋友和我商量，问能不能写一部关于李叔同的电影剧本，我一口拒绝了。理由很简单，我和丰先生一样，太崇拜李叔同，自知才疏学浅，不知道怎么样才可能把这个横空出世的天才表现出来。李叔同是我们家敬仰的偶像。还是很小的时候，我就听父亲无数次讲起过李叔同的故事。所有的故事都带有传奇色彩，所有的故事又都是真的。李叔同是中国最早画油画的人，第一个画女性裸体画。李叔同作词作曲的歌曲曾经广泛流传，他创办了春柳社，春柳社是中国话剧运动的先驱，中国的话剧从此开始。李叔同还是一位很好的演员，而且是演旦角，他在《黑奴吁天录》中扮演女黑奴，在《茶花女》中扮演茶花女。

在我祖父的房间里，挂着李叔同的字和篆刻。这是一个很特殊的例外，除了我祖母和太祖母的照片，祖父的房间里只挂他自己的照片和自己写的书法。我也是不止一次听到祖父谈起过李叔同。祖父是真心地佩服李叔同，他曾写过一篇散文《两法师》，这篇文章被广泛收入各种散文选本。印象中，祖父轻易不贬低什么人，但是他也很少由衷地赞美谁。老一代有气节的文化人，和今天的文化人不一样，他们通常很清高，不喜欢肉麻吹捧，不喜欢恶意攻击，更不会动不动就捞一个什么官做。

老派的文化人从来只讲究自身的完善。李叔同这样的人，最适合做文化人的楷模。李叔同在许多人心目中，是一个罩着神话光环的人物。人们谈起他来，津津乐道，因为可供谈资的东西实在太多。大家永远想不明白，因此永远会谈下去的。一个在滚滚红尘中获得如此成功的李叔同，为什么会突然非常轻易地放弃所取得的一切成就。他可以成为绘画大师，戏剧大师，成为中国的贝多芬和易卜生，他已经站在诸多领域的顶峰上，不当回事地把这些别人梦寐以求的成功都放弃了。李叔同永远是第一流的。他出家做了一名和尚，当和尚的人很多，李叔同却成了弘一大师。他不仅在俗世里创造出了辉煌，在佛学方面，也成了第一流的人物。李叔同后来成为一代高僧。记得我刚读研究生那一年，有一次在庙里和一名老和尚闲谈，无意中提到了弘一大师，老和尚顿时眼睛发亮，说话的声音立刻颤抖起来。老和尚对李叔同的敬仰之情显而易见。

其实李叔同的最伟大之处，说起来也简单，就是在于认真。世界上怕就怕认真两个字，李叔同无论干什么都是一心一意，学画，演戏，做俗人，做出家人，永远认真。譬如他做老师的时候，教学生音乐课，一大群学生围着他，看他弹琴，有个同学放了一个臭屁，熏得大家分神。下课了，李叔同十分认真地说："以后方便，请到外面去，不要在教室里面。"说完了，向大家深深鞠一个躬。又譬如，有的学生出门，喜欢重重地摔门，李叔同便守在门口，谁又摔门了，立刻满脸和善地追上学生，请求他以后不要这样，说完，照例认认真真鞠一个躬。当时的学生都说，李叔同的鞠躬比什么都厉害。

有一次，有一个学生偷了别人的东西，作为学监的夏丏尊很着急，向李叔同请教对策。李叔同的答案是，学监先向学生认错，因为学生偷东西，是老师没教育好。然后宣布偷东西的学生出来认错，如果学生不认错，老师将自杀谢罪。君子无戏言，话说得这么重，学生一定会出来认错的。夏丏尊是李叔同的好朋友，这位好友的对策不能说没道理，也只有李叔同，才可能想出这样极端的对策，可是万一学生不站出来认错怎么办。夏先生说出了自己的担心，李叔同非常认真地说："那就应该自杀，怎么可以欺骗学生。"夏丏尊犹豫了一天，想想自己上有老，下有小，还是采取别的方法为好。

人们记住的，常常是一个人取得的成就。为什么会取得成就，很少去想。认真和刻苦这些词，通常都是挂在嘴边，写在书上，表现在影视作品中，真正把它当回事，身体力行者，微乎其微。这就是世界上真正优秀的人物，为什么会极少的正确答案。李叔同永远会被人记住的，是那些对他来说并不是太重要的传奇。辉煌本身没什么意义，结果永远不是最重要，获得结果的过程往往重要得多。伟大是由许多平凡的事情积累得到的，没有一滴一点的水珠，就没有大海。

《幼学琼林》中便有这样的句子："弟子称师之善教，曰如坐春风之中；学业感师之造成，曰仰沾时雨之化。"做老师的须善教，善教，然后有弟子的学业之成功。为人师表毕竟不是桩玩笑，上梁不正下梁歪，有什么样的因，便会有什么样的果。做老师有时很容易，当徒有虚名的教授或者博导也不难，可是做一个真像回事的先生并不轻松。李叔同最大的优点就是认真，从来不恃才傲物，自以为是。他做别人的老师，不是靠自己的才华折服人，而是以身作则，处处严于律己，用实际行动教育弟子。

李叔同音乐方面的传人是刘质平。刘以后音乐方面的造诣相当高，但是出身贫寒，留学日本时，经济没来源，一度陷于完全绝望的状态。李叔同知道后，很认真地给刘写了一封信，细报自己的收入，然后一一说出支出款项：

> 现每月入薪水百零五元，出款，上海家用四十元（年节另加），天津家用廿五元（年节另加），自己食物十元，自己零用五元，自己应酬费买物添衣费五元。如依是正确计算，严守此数，不再多费，每月可余廿元。此廿元即可以作君学费用。……将来不佞之薪水，大约有减无增，但再减去五元，仍无大妨碍（自己用之款内，可以再加节省），如再多减，则觉困难矣。

李后来出家做和尚，成了高僧弘一法师，尘心既断，临出家时，还备了一大笔款子，供刘读书至毕业。款未凑齐时，李写信说：

> 此款倘可借到，余再入山，如不能借到，余仍就职，至君毕业时止。

李叔同手迹很多，这些年拍卖市场上的行情看涨。关于他的书法，有很多说法和不同观点，喜欢的人如获至珍，在鲁迅日记中，就能见那种得到墨宝时的喜悦。我个人也特别喜欢李叔同的字，当然，除了书法意义的字之外，还喜欢书写的内容，譬如上面那封读了让人泪下的信。

章太炎

鲁迅应该算是章太炎的弟子，因为他在日本留学时，正经八百地听过太炎先生的课。虽然说一日为师，终身为父，毕竟是志不同，道也不合，鲁迅后来成了新文化运动的旗手，而章太炎提到新文化，难免嗤之以鼻。章太炎死了以后，鲁迅写文章纪念他，首先赞叹的，不是太炎先生的学问，而是他的革命经历。有一段文字棒得让人好眼红，不敢忘记：

> 考其生平，以大勋章作扇坠，临总统府之门，大诟袁世凯的包藏祸心者，并世无第二人；七被追捕，三入牢狱，而革命之志，终不屈挠者，并世亦无第二人：这才是先哲的精神，后生的楷范。

鲁迅对自己的文章，很在乎别人说他有魏晋风骨。像上面这段话，多少有些得老师的神髓，只是章太炎好用古字，他的文章一般人看不懂，不像鲁迅，用了语体文的形式，立刻就通俗易懂，为大多数读者所喜爱。

章太炎的革命经历，现在许多人怕是已经不知道。我们这些长在红旗下的人，所习惯的革命，多是形容共产党的活动。其实在推翻清政府的革命运动中，章太炎是了不得的人物。我敬佩章太炎，不是因为他创建光复会参加同盟会的革命经历。记得上大学时学古文，古文教师几乎言必称章黄。章是章太炎，黄便是太炎先生的大弟子黄侃。《章太炎先生国学讲演录》是研究国学的人不敢不读的一本书，章太炎是真正的大师。他的学问太大，有成就的弟子遍天下，可是敢称古文大师，并没有第二人。毫无疑问，我最初折服的是章太炎的国学。无知因此胆大，我曾经对古文今文之争产生过一点兴趣。国学实在太深奥了，我不过是站在国学的门口，往里面多看了几眼，便匆匆离去。作为孤陋寡闻的人，我所以偏爱古文，而不屑于今文，完全是因为章太炎。对于今文大师康有为，我有一种说不出的不喜欢，对于另一位今文大师刘师培，也是莫名其妙不喜欢，说穿了，都是因为太喜欢章太炎的缘故。

有人问章太炎，他的学问是经学第一，还是史学第一。章太炎笑了笑，说都不是。他的回答让提问者大吃一惊，说自己是医学第一。艺高人胆大，口气也大，这种大话，只有大学问家才会说，才敢说。譬如齐白石先生也称自己诗最好。后来者如我辈不敢妄断是非曲直，只能作为谈资说说而已。不过，章太炎的确懂医，著有《猝病新论》和《霍乱论》。

后来我终于发现，自己喜欢章太炎，更多的，还是喜欢他的名士气。窃国大盗袁世凯称帝，章太炎曾拟模仿明朝的方孝孺故事。身穿麻衣，手执方杖，痛哭于国门，以此哀悼共和的灭亡。后来经一帮朋友的极力劝阻，章太炎才打消这念头。这是一场很好看的戏，此事如果当真的话，它的戏剧性绝不亚于摇着折扇，扇柄上坠着金光灿灿的大勋章，堂而皇之跑去见袁大总统。

人怕出名猪怕壮，学问和资历真到了章太炎这份上，狠毒如袁世凯也拿他没办法。于是只好将就着把章太炎软禁起来，这一软禁就是三年，一直到袁世凯病死才恢复自由。章太炎要不是他的学问和资历，怕是早就让袁世凯当蟊贼一般杀掉了。我平时喜欢胡乱看书，每次看到被软禁时的章太炎的一些轶事，便有些激动，忍不住想说给别人听。太炎先生爱喝酒，古来名士都有这毛病。酒能助兴，更能壮胆，囚禁时的章太炎威武不屈，雄风犹在，逢酒则醉，醉辄怒骂，有时干脆在窗壁上遍书“袁贼”二字。这还不过瘾，便在院子里掘树根，挖了一个洞，写无数诅咒袁世凯的纸，扔进洞里去烧，一边烧，一边大呼：

> “袁贼”烧死了，烧死了。

章太炎被软禁，当时的军政治法处长陆建章对其相当敬佩。陆建章在北洋也算是位居要职，他好像是冯玉祥的舅舅，不是舅舅也是什么亲戚。后来章太炎被移往龙泉寺关押，陆建章亲自骑马在前开道以示恭敬，人们都感到奇怪，没见过如此礼遇一名囚徒。问陆，陆回答说：他日太炎若能为我草一檄文，则我可少用十万兵马，安得不尊重。军政治法处长如此，底下当宪兵的自然不敢怠慢。据说章太炎不止一次挥杖驱逐前来保护他的宪兵，结果宪兵不得不换上便服伺候章太炎。

袁世凯的亲信陈宧对章太炎的评价更高，因为章太炎最初见到陈宧时，便说过陈宧这人是第一等人物，然而日后灭亡民国者，必此人无疑。这话传到了陈宧耳朵里，陈因此对章恨之入骨，章太炎后来被囚禁，和陈宧的谗言有极大关系。太炎先生死后，陈宧常对人追悔说：“太炎殁，世间无真知我陈某者。太炎真知我，我也真知太炎。彼陆建章谓得太炎一篇文字，胜过十万兵马，犹轻视太炎耳，我则谓太炎一语，足定天下之安危也。”袁世凯称帝，最终失败，和陈宧关键时刻的倒戈有绝对关系。关于袁世凯的倒台，有一副著名的对联，这是大家都知道的：

起病六君子
送命二陈汤

“六君子”和“二陈汤”恰巧都是中药名，六君子是拥袁称帝的“筹安会”六个人，二陈汤是陈宧、陈树藩和汤芗铭。二陈和汤的临阵倒戈，敲响了袁氏的丧钟。袁世凯做梦也没想到手握重兵的陈宧会背叛，陈宣布独立的通电，犹如五雷击顶，袁没过多久便一命呜呼。量小非君子，无毒不丈夫，陈宧所以忌恨章太炎，是因为章太炎火眼金睛，一眼就看出了他的野心。

章太炎在世，常被戏称为章疯子。这疯没有任何贬的意思。他被囚时，有人奉袁世凯的命令，送钱给他，他先是一言不发，随后突然站起来，抢过钱往来人的脸上便砸，瞪圆了眼睛大骂

“袁奴滚走”。更有趣的是，他曾经书呆子兮兮地忽发奇想，打算从囚禁的地方逃走，托人买好了离京的火车票。同人知道他出门必被阻止，插翅难逃，便设宴邀他纵饮狂欢。为了拖延时间，有人倡议以“骂袁”为酒令，章太炎大喜，结果酒喝多了，骂袁也骂痛快了，上车的时候也误了。这便是著名的“纵酒骂袁以致误车”。

章太炎绝过食，决心以死来和袁世凯对抗，他终日用大幅纸，或干脆就在墙上，大书“死”字。袁世凯早就想杀章太炎，但是害怕遗臭万年，迟迟不敢下手。章太炎真饿死了，也许反而称了袁世凯的心。很多人劝都没用，临了有一个熟悉的朋友去看他，正说到高兴的时候，借口肚子饿了，要回去吃饭。章太炎谈兴正浓，意犹未尽，让朋友就在牢里吃，朋友正色说：“你正为民国存亡绝食，我怎么忍心据案大嚼。”章太炎不知是计，左右为难，又要继续绝食，又舍不得朋友走，想了一会儿，说我陪你吃，于是绝食结束。

到国民政府时代，章太炎依然是大名士，报纸上关于他的报道，都可以入花边新闻。他虽是开创民国的元勋，却注定是不受统治者欢迎的持不同政见者。袁世凯忌讳他，后来的北洋政府烦他，国民党的南京政府也不搭理他。有一次在杭州的楼外楼，正遇上蒋介石，蒋是晚辈，上前请安问好，他懒洋洋爱理不理，说自己现在“靠一枝笔骗饭吃”。蒋敷衍了一会，很客气地要用小车送章太炎回府，又被一口拒绝，蒋无奈之下，只好将自己的手杖相赠。大家都以为这犟老头一定还会拒绝，不料章颇中意这根手杖，拿了就走。

齐白石

最早知道齐白石，是通过我们家里的一只搪瓷脸盆，脸盆底上画着几只齐白石的虾，父亲放了半盆水，用手搅了搅，问我那虾像不像是活的。那是“文化大革命”前夕，父亲显然是一个不会哄孩子的人，我们很快就对那虾没什么兴趣，都把注意力转到了印章上。在对齐白石的画还没有什么了解之前，我曾听说过不少关于齐白石的笑话，有一个笑话我父亲很爱说，说给我听，也说给别人听，这笑话就是齐白石特别贪财。有人找齐白石画虾，付了钱，齐白石懒洋洋地画了一只，搁笔休息，求画的人涎着脸要求再画一只，一旁管账的便让他重新付钱，付了钱，可以添一只虾。虾画完了，求画的人说：老先生还没落款和打印。于是管账的再一次站出来提醒，结果求画的人还得为落款和盖印章分别付钱。

小时候，我对这样的故事深信不疑。后来书读多了，才知道都是后人别有用心的捏造和杜撰。人出了名，什么样的怪故事都可能会落到他头上，这样的故事移到郑板桥身上也合适。对于艺术家来说，这叫名士气。有了名不怕怪，一怪，名气更大。齐白石是一个大器晚成的老人，他的成名并不是很容易，也许正是因为出名太迟的缘故，他是个非常勤俭的老人。既然钱并不是轻易就能得到，一个人自然会把钱看重。勤俭未必就是天性，勤俭也是逐渐养成的，勤俭和贪财是两回事。

齐白石大半辈子都在极不安定的日子里度过。即使在有钱的时候，过的也是穷人的日子。据说齐家总是用一个木箱子盛米，木箱子上面还要加一把锁，钥匙由齐白石亲自掌握。他的儿媳妇每天做饭，都要去请他开锁。齐白石怕儿媳妇浪费，每顿饭都限定四小铁罐，就是那种装香烟的小铁罐，天天如此，除非这一天正好来了客人。无论来了什么贵重的客人，也不过是加半罐米。齐白石一生，最看不惯别人浪费，在他眼里，没有比浪费更大的罪过。家里人捡菜，他常常会放下手中的画笔出去干涉，在那些捡下来的菜叶菜根里翻来翻去，非常严肃地说：

> 这还能吃，怎么就扔了。

齐白石的身上，很有些大画家的派头。这派头，不是大画家做不出来。齐白石永远算不过来这个账，他想不明白一个最简单的道理，就是他如果多画一张画，不知可以抵上多少扔掉的菜叶菜根。问题有时候就是这么滑稽，齐白石要是真能算明白这账，他的画也许就和那些应该扔掉的菜叶菜根差不多了。而且命中也注定齐白石不应该太有钱，有一度他似乎很阔气，钱多得不知往什么地方放才好。他把钱存入了不同的银行，有外国的，也有中国的，总觉得外国的银行更保险一些，其中最大的一笔便存入一家美国人开的银行。偏偏就是这家美国银行让齐白石老人吃了大亏，结局是那家银行倒闭了，美国佬携家人和财产逃之夭夭，害得他心痛得不得了，连续几天都没办法画画。

齐白山生于一八六四年的元旦，比另一位湖南名人谭嗣同还大一岁，比章太炎大四岁。出身贫苦，没有功名，由一名民间艺匠逐渐修炼成艺术大师。我曾见过他写的一张“润格”，字很漂亮也很风趣，光明正大，开门见山：

> 卖画不论交情，君子有耻，请照润格出钱。

活得长是齐白石能享受自己艺术成果的重要原因。画家中有很多长寿者，但是真像齐白石这样很晚才出大名的并不多。齐白石的出名是苦熬出来的，他最初只是个木匠，以后又在工笔画上死下功夫。要不是一个叫陈师曾的劝说他改变画风，也许人们根本见不到那种今日最能代表齐白石画风的大写意画。傅抱石先生在谈到齐白石的画时曾经说过，齐白石老人所走过的道路崎岖曲折，七十多年的顽强劳动又如此勇猛精进，他的画不仅元气淋漓，清新一片，而且是别有天地，新意迸出。齐白石成为齐白石，实在是不容易。他的过人之处就在于敢变，敢变是齐白石老人能够独创的重要原因。齐白石具有非常了不得的生命力，在他快六十岁的时候，他的妻子为他做主娶了一个妾，这个妾进门时只有十八岁，她共为齐白石生了两个儿子，三个女儿，最终是在四十二岁那一年难产死的，这时候齐白石已经八十三岁。齐白石活了将近一百岁。画里画外，他的生命力都非常惊人。

有关齐白石老人对自己的评价起码有三个版本，一是他的女弟子胡挈青说的，老人自认为自己诗第一，印第二，字第三，画第四。还有于非闇《感念齐白石老师》说老人认为自己印第一，诗第二，字第三，画第四。最后一种说法是诗第一，印第二，画第三，字第四。这些不同版本的共同点都是，作为大画家的齐白石，故意抬高自己的诗和印。他在自己订定的《齐白石作品选集》的亲笔序中写道：

> 予少贫，为牧童及木工，一饱无时而酷好文艺，为之八十余年，今将百岁矣。作画凡数千幅，诗数千首，治印亦千余。国内外竟言齐白石画，予不知其究何所取也。印与诗，则知之者稍希。予不知知之者之为真知否？不知者之有可知者否？将以问天下后世……予之技止此。予之愿亦止此。世欲真知齐白石者，其在斯！其在斯！请事斯！

齐白石几乎是在疾呼人们应该注意他的印和诗。古人曾说过功夫在诗外，要读懂齐白石的画，看他的印和诗能获得进一步的启发。齐白石刻过两方印，一为“不知有汉”，一为“见贤思齐”。不知有汉和见贤思齐是齐白石毕生遵循的两条艺术原则。所谓不知有汉就是敢于狂妄，我们都知道秦汉篆刻地位极高，齐白石一针见血地指出：秦汉人有过人处，全在不蠢，胆敢独造，故能超出千古。秦汉人是人，我们也是人，不蠢和独造，便成了能否取得成功的关键和要害。

见贤思齐充分体现了齐白石的好学精神，不是勤学和善学，同样成不了齐白石。齐白石的画风一变再变，正是这种见贤思齐的最好写照。与他的狂妄形成尖锐对比，是他对自己所喜欢的前辈有一种偶像般的崇拜，他“恨不生前三百年，或为诸君磨墨理纸，诸君不纳，余于门之外饿而不去亦快事也”。仅仅是不知有汉，会使我们不学无术。不知有汉的狂妄，如果没有见贤思齐做补充，也可能会毁掉一个天才。“不知有汉”和“见贤思齐”是艺术的两个翅膀，有了它们，才可能飞得高，飞得远。

齐白石还有个最通俗的“不似之似”理论，所谓“太似为媚俗，不似为欺世”。晚年的一张题画上，他又重新提到这句话，并强调这是“九十一岁老人之旧语”。

张大千

说张大千之前，不妨先说盖叫天。盖叫天是著名的海派京剧武生，一九四九年以后，盖叫天很多时候都闲着，不像北方的梅兰芳程砚秋那样得到重用，与同样是海派的周信芳也无法相比。他隐居在杭州的西湖边上，时常到地摊上去买些假古董。盖叫天的名言是："什么真的假的，对我有用就行，只要我看着好看就行。"盖叫天对古董的冤大头态度，实在有可取之处，世人看古董，通常看它值不值钱，越值钱，越有文物价值。毫无疑问，盖叫天买假古董，没少花冤枉钱，不过既然认死理，买的假古董对他的艺术创造有用，也就无所谓冤枉不冤枉。盖叫天买古董不是为了保值，古董必须为我所用，我无用，古董又有什么用。

有钱人买古董，不少都是附会风雅。买了一套大房子，装潢成古色古香，不添两样古玩意，不挂两张古字画，文化品位就上不去，于是针对这些附会风雅的人，就会出现一些制造赝品的高手。假画是一个特定的词，并不意味着一定是坏画。制造假画的人中大有高人，譬如张大千。

张大千年轻时，曾被誉为“石涛再生”。石涛的画自晚清以后，和八大山人的画一样，身价发了疯似的大涨。但是人们所见到的，通常都是假画，假石涛假八大山人，是真石涛真八大山人的许多倍。现在能见到的一些珂罗版的印刷品，有的甚至送去国外展览风光过，大家都以为真迹无疑，其实有不少是张大千调皮捣蛋时干的营生。据《张大千传》记载，大名鼎鼎的画家黄宾虹都上过张大千的当。

黄宾虹也算清末民初画坛的一代宗师，不仅画画得好，还是著名的书画鉴定家，对于前清名家的画，常常他说是真的，就是真的，他说假的，必假无疑。黄宾虹尤其对石涛的画情有独钟。有一天，他匆匆买了一幅石涛的画，捧来给老友李梅庵共赏。张大千这时候正住在李梅庵处跟他学书法，见了那张石涛，很轻薄地说：

> 这是假的，是我画的。

李梅庵大怒，因为弟子竟然敢这样戏弄自己的老朋友，实在是太无礼了。然而事实又不可能改变，黄宾虹一时贪图便宜看走眼，竟然出这么大的洋相，而且是在小辈面前。好在大师毕竟是大师，黄宾虹并没有因此迁怒张大千，错既然已经出了，能够极早戳穿，说来也是一件好事。事实上，黄宾虹将画捧来给老友李梅庵看，内心恐怕也是有些吃不准。值得作为谈资的是，黄宾虹后来专门教过张大千，教他如何识别假石涛。对于什么是真石涛假石涛，张大千和黄宾虹相比，毕竟还嫩一些。

在当时的上海滩，石涛是最热门的话题，学石涛笔法，收藏石涛的字画，已经变成时尚。时尚常常毫无道理可言，张大千也是赶时髦的人之一，只不过他是真心喜欢。但是要学石涛，任你有多大的才气，也得多看几眼石涛的真迹才行，以当时张大千的财力，他是不可能买得起真画。买不起，唯一的办法就是到有真迹的人家去看，所谓用眼睛去偷。能收藏石涛真迹的通常是些大款，张大千死皮赖脸，一次次登门看画，别人不讨厌也要讨厌。好在张大千属于那种有游戏精神的人，你讨厌我，我照样要骚扰你，谁让你藏着石涛的画。

用眼睛偷画是件很了不得的功夫，过目不忘，不是什么人都能做到。

张大千自己后来也开始收藏石涛的画。他的画卖了好价钱，渐渐地就阔起来，有了钱腰杆就硬。张大千发宏愿，要收藏一百幅石涛的画，在“大风堂藏画”中建立“百石堂”。这是一件很了不起的事，张大千画的假石涛能骗一骗黄宾虹这样的大画家，可是他自己也同样难免上当。显然他不止一次买了赝品，一次，他从城隍庙买了一幅石涛的画，请黄宾虹鉴定，黄一眼就看出是假的。黄宾虹笑着说：

> 你怎么又买了假画，石涛是明末清初的画家，那年头作画，没有赭石，而这画用赭石染山石，必假无疑。

假画绝对是个大千世界，关于假画的话题，可以没完没了聊下去。有时候，假画的故事，比真的画还感动人。《张大千传》中有这么一个故事，说他住在苏州的时候，有人跑来告诉他，说有一位山西商人手头有一幅石涛的六尺中堂，画的是一座七巧玲珑的寿石，上面长着三朵亭亭玉立的灵芝，报价五千大洋，缺一文不卖。以张大千掌握的石涛知识，从没听说过石涛画过这样的画。正是因为没听说过，他一定要亲眼去见一见，可是等张大千赶到山西商人那里，山西商人已经去了广州。当天夜里，张大千翻来覆去睡不着，脑子里总在思念这张画，到天亮的时候，张大千打定主意，立刻带着钱去广州。偌大的一个广州，要找到山西商人不容易，好不容易探听到一点消息，说是山西商人又带着画去郑州了。张大千于是当场决定跟踪追击，追到郑州，好不容易到了郑州，张大千听到了一个不幸的消息，山西商人的藏画是假的，竟然被一位高人点破了。

原来那张画坏就坏在纸上。石涛是明末清初的人，而这张伪画的用纸，却是清道光年间才能有，作伪画的显然也是一位高手，可惜他买不到明朝的纸，因此就露了破绽。那位山西商人也是懂画的，经人一点破，捧着画半天说不出话来，最后用力把画给撕了，口一张，哇的一声，鲜血就吐了出来。这是我读到的《张大千传》中极精彩的一段。由此可见，就算是一张假画，也是一张了不得的假画，否则不会让人那么痴迷。这张假画流传了也有上百年，张大千从苏州追到广州，又从广州追到郑州，临了，还是无缘见上一面。

张大千画假石涛的功夫，得力于两方面，一是迷恋，一是苦练。凡事不迷恋，通常好不到哪里去。第一流的艺术家，好歹都得有些神经病，都得有些常人眼里的不正常。爱是艺术的源泉，如果不真心喜欢，张大千绝对画不出那种能乱真的假石涛。世界上的许多奇迹，正是因为有了爱，才创造出来。死皮赖脸地去观摩石涛真迹，别人不欢迎也赖着不肯走，这需要何等的勇气，需要多厚的脸皮。有了爱，才可能有有效的苦练，才可能有豁然开朗的领悟。为了少看主人的脸色，必须尽快地把看过的东西记下来，这种硬记，首先得记神，因为仅仅记形没什么用。古人说佳作一幅，废画千张。石涛所以成为石涛，是因为石涛讲究独创，笔墨恣肆，敢画前人没画过的画。学石涛，学神活，学形死，张大千后来成为一代大师，既和学画假石涛有关，更和能够告别真石涛有关。“石涛再生”毕竟还是一个假石涛，既褒又贬，光能画像一个石涛，算不上好画家。

傅抱石

我不懂画，谈画家只是把他们当作一个普通的人来欣赏。作为画家，画好是第一位的，然而在一位小说家眼里，人有趣有时候更重要。傅抱石是首任江苏国画院的院长，在南京待了许多年，南京老一辈的文化人，多多少少都能说一些他的轶闻。傅抱石的故事中，屡屡要被人提起的，就是他爱喝酒。他有一方印章上写着“往往醉后”，这真是非常有趣的酒徒表白。家父有一次出国回来路过上海，见到多年不遇的小学同学，一高兴多喝了一些，结果洗澡时，泡在浴缸里呼呼大睡，然后被别人发现抬到床上，赤条条睡到天亮。这种事照例要在圈子里作为谈资的，家父的老朋友章品镇便警告家父，说这太危险了，傅抱石当年就是喝酒出的事。章品镇是《雨花》杂志的老主编，对傅抱石再熟悉不过，粉碎“四人帮”以后，是他最早提出出版傅抱石美术论文集的计划。

我不知道傅抱石最后是不是死在酒上，我只知道他死于脑溢血，自然是十分意外的，在同一个月里，他还去了上海，拟为新的国际机场作画，可是在月底，便死于南京寓中，终年只有六十一岁。当画家能够长寿不稀奇，尤其是当大画家。譬如齐白石，譬如张大千，还有同属于江苏画界的刘海粟，都是到了九十几还不肯走。相形之下，傅抱石和徐悲鸿死得稍早了一些。人的寿命不可测，傅抱石太好酒，又总是要多喝几杯，难免有些折寿。

傅抱石是苦孩子出身，他的父亲流落南昌以修伞为业。他读小学的时候，发现同学们的书包里都带着一本小《康熙字典》，遇到不认识的字，翻翻字典便知道，羡慕得眼睛发亮。傅抱石家里实在太穷了，他的学费还是从亲戚朋友那里凑来的，字典这样的奢侈品不应该属于他。后来傅抱石生了一场不小的病，在病中最念念不忘的，仍然还是这本小字典。一本小小的字典成了傅抱石童年的全部理想和寄托。他的父母不忍心，咬牙切齿买来了小字典，有了小字典，傅抱石的病也好了。据傅抱石的学生回忆，由于他自己小时候太清苦了，他后来成名以后，常常送纸墨给那些穷学生。

用天才来形容大艺术家，是一个最俗气最没见识的着眼点。一个人所以成了应该成的样子，首先是因为做了自己应该做的事。用天才来解释永远都是个偷懒的办法。对于行家来说，傅抱石被人津津称道的，是那种破笔尽情挥扫涂抹的“抱石皴”。这是傅抱石能成为一代宗师最独到的地方。傅抱石早年迷恋石涛，曾编过《苦瓜和尚年表》，以后又完成《石涛上人年谱》。然而他仅仅“师古人之心，不师古人之迹”，很难说他的画哪一笔是石涛的。没有自己的东西，永远成不了大画家。傅抱石十七岁时自号抱石斋主人，从此“抱石”逐渐掩盖了他自己的本名。他去日本留过学，学成归国，在中央大学艺术系任教，以后名气越来越大，酒也越喝越多。傅抱石的画现在已成收藏的大热门，往通俗里说，他的画如今很值钱。虽然不像西方梵·高的画那样成为天文数字，但是在中国画中，傅抱石的画属于市场行情最好的一种。一九八四年，他的《唐人诗意》以港币一百六十万元卖出，到了一九八九年，《九张机图》又以三百一十万港币成交，这些数据都是包装傅抱石画的最好材料。

关于傅抱石，最容易被人们忽视的是他的画外功夫。他除了把主要精力用在绘画上，竟然写了近二百万字的文章。考虑到了他只活了六十一岁，而且很多时间都在动乱不定的环境中度过，能写出这么多字的文章来，确实不易。被称为作家甚至著名作家的人，有许多也没能写这么多字数。尤其应该指出的，傅抱石的文章并不是什么应景之作，很多文章都有很强的学术性，像《中国绘画变迁史纲》和《中国国民性与艺术思潮》，一些即使丝毫不会绘画的，也足以凭这样的论文，去混一个大教授的头衔。

一九三三年，年轻的傅抱石还在日本留学，日本的一位美术史专家伊势一郎写了一篇文章谈中国画史，这篇文章引起轰动，被誉为划时代的著作。傅抱石细读了这篇文章，发现许多驴唇不对马嘴的地方，当即写了批判文章，发表在《东方杂志》上面。到了抗战期间，傅抱石又在那篇批判文章的基础上，写成《晋顾恺之"画云台山记"之研究》，发表在重庆《时事新报》副刊上，文章发表后，对当时的抗日宣传，起到了意想不到的效果，被称为"在学术上也战胜敌国的重要发现"。

就像今天的歌星能借助春节联欢会为自己扬名一样，"文化大革命"以前，很多画家的名气，都是因为他们曾在一些重要的公开场合作画，给老百姓留下了深刻印象。最典型的例子，莫过于有机会在人民大会堂留下自己的一幅画。我最早知道傅抱石，就是通过他和关山月合作的巨幅国画《江山如此多娇》。这幅画作为一个背景，今天仍然能在电视上常常见到。我并不认为这是什么了不得的代表作，事实上，这幅将近五十平方米的巨画，只是傅抱石完成的一个光荣的政治任务。有趣的只是，这幅画的整个创作过程，对傅抱石这样的大画家都是新尝试，因为新，所以趣味盎然，笔有一米多长，像一把大扫帚，调色用大号的搪瓷脸盆。傅抱石曾说过，由于没有画如此巨大的画的经验，最初画的那个红太阳，远远地看过去，就像是一个鸭蛋黄，小得不合比例。好像是周恩来最先发现了不合适，觉得不符合伟大祖国的形象，后来便往大里画，越画越大，越画越宏伟。

傅抱石的幸运是他躲过了“文化大革命”。在这场史无前例的浩劫到来前，他已经离开人世。对一九四九年以后出现的新中国，他始终充满激情，这种激情洋溢在一大批对现实感到极度失望的知识分子身上。他做梦也不会想到，情况的发展和自己预料得完全不一样。他一直在努力地改造自己，然而，即使他已经死了，也逃脱不了他画过许多黑画的罪名。“文化大革命”中，他的很多遗画都被造反派抄了去，有的从此再也没有下落。他是一个有个性的人，为了适应时代，一直顽强地试图改造自己。他知道自己的生活离人民群众远了一些，一段时间里，这差不多成了一代知识分子的原罪。有了原罪，所以大家都摆脱不了赎罪情结。一九六一年，作为一个大名鼎鼎的画家，他去东北参观煤田，有感于一位党委书记所说的“这颜色多美呀”，下决心要把煤海画出来。他努力地画着，一遍又一遍，终于将画画出来了，虽然这画并不满意，但是他毕竟在尝试满足自己要为煤矿工人绘画的善良愿望。

苏　青

突然想到要谈谈苏青，张爱玲曾经说过，把她和冰心放在一起比较，并不以为荣，她心甘情愿地乐意和苏青一起相提并论。苏青也说过类似的话，物以类聚，人以群分，喜欢谁佩服谁，勉强不得，敢说出来肯说出来，这才是性情中人。五十年前的苏青，是风风火火的人物，那时候上海是沦陷区，她的文章到处发表，她的书很有销路，是自己经营出版的，她编杂志，四处找人约稿，整个一女强人的样子。当时上海文坛大红大紫的，好像只有张爱玲和苏青。

苏青是一个喜欢热闹的人，但是卖文为生也是迫不得已，作为一个年轻的已有了三个孩子的母亲，作为一个离了婚的女人，当女作家只是她不得不硬着头皮的选择。她想依靠男人，想依靠的男人又靠不住。她必须自己挣钱养活自己，养活孩子。如果苏青真找得到一个靠得住的男人，还会不会成为女作家，很难说。苏青这样的才女，怕是找不到称心的男人。

苏青曾和张爱玲谈过她心目中的理想男人，认为这男人首先得像男人，应该有男人的气派，不是小白脸，不妨有些架子，带点官气也不要紧，还有点落拓不羁。自然不能太穷，作为女主人，有自己称心的房子，常常请客，来的朋友都是谈得来的，女朋友当然也很多，不过都是年纪比她略大两岁，容貌也稍差一点，免得麻烦，因为男人都有不是东西的一面。丈夫应该常常有机会出去短途旅行，这样，家庭生活就不至于太刻板无变化。苏青还觉得她自己偶尔也该生些小病，朋友都来慰问，带着吃的来，还有花，问候的电话铃声不断。

这只是苏青理想中的生活。苏青是一个很有女人味的作家。当作家，首先要有人味。苏青不喜欢那些硬要和男子并驾齐驱的女人，她觉得，一个女作家与其写什么男女平等呀，一齐上疆场呀，还不如老老实实谈谈月经期内行军的苦处。她坦言说，女人最爱的，是男人遗下的最微细的一个细胞。这个细胞就是男人的精子，它和女人的卵子结合变成了可爱的孩子，只有孩子才能永远安慰她们的寂寞，永远填补她们的空虚，永远给她们生命之火。

很多女作家谈到心目中钦佩的女作家，都是李清照。后来的女作家们钦佩的只是李清照的才华，很少有人会真心地乐意接受她的寂寞。中国女作家中，苏青和张爱玲差不多都可以算作李清照似的人物，然而遗憾之处，就在于她们没有在漫长的寂寞岁月中，像李清照那样写出与她们才华相当的作品来。常常喜欢用红颜薄命来形容女人，有才华的女作家往往难逃此劫。

苏青是在敌伪时期成名的，有人给她安上了汉奸的罪名。苏青曾辩白说，她并不是故意选了日本人来了这个“黄道吉日”才动笔的。有人劝苏青以后发表文章，改一个笔名，她十分固执地拒绝了。其实苏青就算是改了一个笔名，后来的日子也不可能好过。文如其人，文风不变，苏青便不可能再次流行。抗战胜利以后，属于苏青的那个时代也结束了，大家的口味变了，似乎更愿意看另一种口味的东西。到了新中国成立以后，苏青这样的女作家便几乎成了怪物。为了温饱，她成了越剧团的一名编剧，写一些可有可无的历史剧。她曾写信向贾植芳先生请教，因为她正在编写历史剧《司马迁》。贾植芳是胡风分子，被抄家时，苏青的一封信就成了罪名，结果她也被莫名其妙地关进监狱。出狱后，她的名字被列入了辞退名单，从此生活更加窘迫。贫病交加，饱受白眼，其寂寞显然是在李清照之上。

苏青一生中只有过短暂的辉煌。她死于一九八二年，由于历次政治运动，她身边一本自己的著作也没保存下来。临死前，女儿托人很不容易找了一本她的旧作《结婚十年》，借阅条件是速阅速还。苏青寂寞了一世，做梦也不会想到多少年以后，她的著作会又一次变成畅销书。她的一封信中说自己“寂寞惯了，心境很舒服”。我想这一定是实话。一个喜欢热闹的人，一个曾经热闹过的人，最后坦然地接受了寂寞，这就是苏青的故事。

张爱玲

一

接到张爱玲逝世的消息，心中很有些说不出的滋味。消息是从香港方面辗转传过来的，当时就想，死的不是邓丽君，要不然报纸上不知如何火爆。转念又想，张爱玲之死，未必就不火爆。果然放下电话没几个小时，本地晚报已发出了快讯。张爱玲在大陆有许多读者，尤其是女读者，这些女读者大都是写书的，或者干编辑记者，起码也是文学爱好者，报纸杂志上不可能没有文章来满足她们。

我想立刻给我的一位老同学打电话。十年前，我在大学里读研究生，攻读现代文学，和这位老同学常常争得莫名其妙。为了写学位论文，就好像寻找伴侣私订终身，我和老同学为钱钟书和张爱玲谁的小说更好，一定要争出是非。结果只能在两难之中挑一个，最终我选择了钱钟书，老同学敲定张爱玲。时过境迁，我深深怀念已经流逝的苦做学问的年代，那时候，天天泡在图书馆里，下狠心翻旧报纸，读那些早就过期的杂志。张爱玲早期发表的作品，我都是在它最初发表的刊物上读到的。

在那些发黄的纸张里，能翻到张爱玲的文章，真是幸运。在印刷品中，劣质文字永远是在多数。张爱玲的文章属于那种让人眼睛一亮的作品。我忘不了当时无论是我，还是那位老同学，只要一看到张爱玲的东西，必定提醒对方不要错过。事实上我们都不可能错过，于是这种提醒便演变成了对张爱玲作品的讨论。我们常常做这种愚蠢的假设，四十年代沦陷区的上海滩，如果没有了张爱玲会怎么样。这是一个只有书呆子才会当问题的问题。

没有了张爱玲，只不过是我们这些书呆子少了一些话题。张爱玲带给我们文学阅读上的喜悦，她的作品让我们在寂寞的夜晚，不再感到孤独。她的作品让我们会想，小说原来还能这么写。正是因为喜爱张爱玲的作品，我们才会变得贪得无厌，感到她的作品太少了一些，不应该这么少。正是因为喜爱张爱玲的作品，我们才会变得挑剔，感到她的作品为什么后期永远也没办法和前期相媲美。她早期的作品太辉煌了，后期作品相比之下，便有些糟糕。在《亦报》上连载的《十八春》和《小艾》，还有后来的《秧歌》和《赤地之恋》，无疑都是张爱玲的作品，文字和构思仍然是张爱玲的风格，但是缺少的是张爱玲的那种独特灵气。长篇《怨女》是《金锁记》的重写，这完全是一次失败的操作。

张爱玲让人津津乐道的是她的贵族出身。对于这一点，我始终不以为然。文学的事，永远不可能如此简单。贵族出身的人实在太多，张爱玲的家庭了不起，比她更显赫的家族并不在少数。并不是破落的大家子弟，就应该注定成为曹雪芹。张爱玲所以成为张爱玲，首先是因为她的作品，其次还是因为她的作品。作品是人创造的，可是千万不要忘记作品可以反过来改变一个人的。作家成就了文学，文学也会毫不含糊地创造一个人。

张爱玲的一生是一部大作品。多少年以后，这部作品也许比什么都重要。早在二十五岁以前，张爱玲的文学才华就用得差不多了。她最重要的作品《传奇》和《流言》，都是在这之前完成的。很多文学青年在这个年纪，还没有来得及开窍。张爱玲是文学早熟又一个奇迹般的例子，另一个例子是伟大的托马斯·曼，他在这个年龄完成了《布登勃洛克一家人》。张爱玲喜欢用一个苍凉的手势，一声重重的叹息，来形容她的作品和作品中的人物。事实上，张爱玲的一生，就是一个苍凉的手势，就是一声重重的叹息。二十五岁以后，她断断续续还在写，我几乎见到过以后的所有作品。我不至于说她的《红楼梦魇》不妥，那些言情的电影剧本意义不大，从方言改成语体文的《海上花列传》是浪费时间，事实证明这也很了不起，然而她的大多数读者恐怕都和我一样，就是觉得张爱玲应该一心一意写小说。天知道这世界上有多少痴心人在白白地等待她的下一部小说。

我猜想张爱玲把自己也变成了作品中的人物。这正是她的高明之处。有意或者无意，她突然明白人的一生中，最重要的一部作品，是自己。她结过两次婚，不能说是什么了不得的错误，但是显然不理想。一个是有才华却太轻薄的汉奸，一个是西方的左派作家，不能否定她和他们在沟通上的那种障碍。张爱玲选择这两个人，本身就是小说作法。小说作法有时候也会成为人的行为准则。

我猜想许多事，张爱玲都是存心的。她存心要我们为她感到无穷无尽的遗憾，要我们痛苦地去回味她走过的人生。她存心要我们喋喋不休地去争论她为什么放弃了小说，为什么不思如泉涌没完没了地写下去，要我们为许多站得住脚和站不住脚的理由，浪费唾沫和笔墨。她存心要我们哭笑不得，要我们疑惑不解，要我们很快地忘记她，而实际上却永远也不可能把她遗忘。

二

以上是应香港一家报社的约稿，写了一篇谈张爱玲的文章。言犹未尽，总觉得还可以再说些什么。张爱玲这样的才女，照例是很容易作为闲话的话题。一个女作家本来就引人注目，更何况张爱玲作品之外，还有那么多故事。

就说张爱玲的成名。她自称九岁就开始向编辑先生进攻，打算把自己在杭州写的日记，寄给编辑先生。张爱玲用稚嫩的语气，写了一封没有标点的信，扔在信筒里，从此没有下文。十九岁的时候，她参加了《西风》的征文活动，在六百八十五名应征者中，有十三人得奖，这次编辑总算没有太走眼，张爱玲名列倒数第一，正好第十三名。按照征文启事的规定，得奖者只有十名，多出来的三名是荣誉奖。张爱玲参赛的作品叫《天才梦》，这可能是张爱玲文字生涯中的第一篇文章。不过张爱玲对自己的名次耿耿于怀，她成名后，谈起这段往事，坚持说名列第一的那篇文章实在平平。

张爱玲给人的印象，在一夜之间突然就红了。女作家的走红向来比男作家凶猛。在张爱玲成名的十几年前，丁玲女士也是如此。记得读研究生时，一位在现代文学研究方面极有成就的老师说过，丁玲一出现，她几乎就取代了冰心女士的位置，冰心火爆得更早，这种取代之说有些夸张，也不准确，但是有纪实的一面。张爱玲的出现，也有取代丁玲之势。冰心的文章以爱心和提出问题取胜，丁玲却是以她的反叛和浪漫精神获得读者，张爱玲和她们都不一样。张爱玲的小说要丰富得多，而且她显然不喜欢她的两位前辈。

张爱玲的小说深入到了平常人的心灵，这是她的小说能拥有无数“张迷”的法宝。真正的好作品是阻挡不住的，张爱玲的小说最初发表在文坛不屑于注视的鸳鸯蝴蝶派杂志上。许多有志向的文学青年绝对不会去理睬这样的刊物。张爱玲偏偏什么都不在乎。她似乎信奉小说只要能发表就行的这个实用主义原则，小说之外的事，不愿意想得太多。她的小说在什么刊物上都可以出现，譬如发表她小说最多的是《杂志》，这个刊物显然有日本人的背景。在沦陷时期上海这个特定的环境里，张爱玲犹如一匹脱缰的野马，一发而不可收。她火山爆发一般地拼命写，写了就拿出去发表。让人感到无可奈何的，张爱玲就这样成了名，她的文章得到了当时上海滩各种背景的刊物的欢迎。转眼之间，她成了真正的名家。

晚年的张爱玲和四十年代大红大紫的张爱玲，仿佛两个截然不同的女人。晚年的张爱玲完全把自己封闭起来，杜门谢客，摈绝交游，以至于最后死在美国公寓的地毯上，几天后才被人发现。四十年代的张爱玲是那样地爱出风头，她为了突出自己，甚至不惜身着奇装异服。张爱玲的动机非常简单，写东西就是为了要出名，越早越好，越大越好。遗憾的是张爱玲有出风头的心，没有出风头的命。她不是那种能够当交际花的女人，倒不是长得不漂亮，实在是不善于人际交往。她的骨子里讨厌交际，在大红大紫的年代里，她不能免俗地参加各种应酬，出现在不同的社交场合，尽情地品尝自己成功的喜悦，然而这些无聊的敷衍已经为她日后隐士般的生活留下伏笔。

张爱玲的奇迹在于当年引起了各路人马的叫好。她毫无选择地在各种刊物上乱发表文章，属于不同阵营的编辑却非常明确地想把她拉入到自己的队伍中来。张爱玲的小说终于出现在柯灵先生主编的《万象》上，这虽然是一本商业性杂志，但是在柯灵的努力下，杂志明显地属于新文学阵营。当年柯灵先生为如何能约到张爱玲的稿子踌躇再三，出乎意外，张爱玲竟然冒冒失失自动送上门。多少年后，柯灵谈起这段往事仍然喜形于色。

很多有识之士出于爱护张爱玲的缘故，反对她这样无原则地是地方就乱发文章。郑振铎先生就提出过具体的建议，张爱玲写了文章，可以交给开明书店保存，由开明书店先付稿费，等河清海晏再印行。张爱玲根本就不理这一套，清者自清，浊者自浊，她的名言仍然是那句：

出名要早呀！来得太晚的话，快乐也不那么痛快。

张爱玲相信她的小说可以远离政治。可是潜意识里知道这绝不可能，要不然她不会说："时代是仓促的，已经在破坏中，还有更大的破坏要来。"这也许是张爱玲真正的高明之处。如果她真听了郑振铎的话，把自己的小说藏之名山，等日本人完蛋再发表，结局也许更糟糕。张爱玲的文学生涯，辉煌鼎盛也就只有抗战胜利前的两年时间，过了这村，就没有这店，事实就是这么残酷。

张爱玲后来死灰复燃，文坛上再次走红，先是在台湾，然后在大陆。她的书成了畅销书，让出版社趁机赚钱。“张迷”成为一个固定词组，重要的原因，是她在那个特定时期写的并且毅然发表的小说《传奇》和散文《流言》。是是非非很难说清楚，成也萧何，败也萧何，事实就是这么滑稽。

朱希祖

一

近代史上说起一个人对地域的影响，首推曾国藩。人杰地灵，有了曾国藩，便有了后来源源不断的湖南人才。惟楚有才，于斯为盛，能和湖南人叫上板的，大约也只剩下浙江人了。记得沈从文曾发过牢骚，说湖南人倔犟木讷，怎么斗得过精明的浙江人。他说这番话，是上世纪的三四十年代，那时候正是蒋介石得意之际，手下养着一大批能征善战的浙籍大将，陈诚、汤恩伯、胡宗南，个个都是手握重兵，炙手可热。湖南人沈从文有感而发，再过个十年二十年，就不会这么说了。

熟悉一些掌故的人都知道，毛泽东当过北京大学图书馆的管理员。当时正是新文化运动期间，北京既是中心，又是风口浪尖。秦琼卖马，对处在愤青阶段的人来说，这段经历十分重要。毕竟是世界观形成阶段，有这个开始，才有了后来的正果。听君一席话，胜读十年书，史书上说毛经常去旁听，听了什么内容，已记不清了，长知识不用怀疑，变深刻也理所当然，感觉中他一定会有些郁闷，因为听来听去，都是些浙江口音的人在讲课。

当年的北大，差不多就是个浙江村。先说大学校长，大名鼎鼎的蔡元培是浙江绍兴人，他的前任胡任源任职时间不长，是浙江吴兴人。外举不避贤，内举不避亲，像蔡元培这样堂而皇之，好玩一把同乡会的倒也不多见。在现代教育方面，蔡元培差不多就是祖师爷了，他取消了分科制，改设十五个系，据朱偰先生回忆，这些系的领导人，竟然比一半还多的是浙江同乡。数学系主任冯祖荀，浙江杭县人。物理系主任夏元瑮，浙江杭县人。化学系主任俞同奎，浙江德清人。地质系主任王烈，浙江萧山人。哲学系主任陈大齐，浙江海盐人。中文系主任马裕藻，浙江鄞县人。史学系主任朱希祖，浙江海盐人。经济系主任马寅初，浙江嵊县人。后来又增加了几个系，教育系主任蒋梦麟，浙江余姚人，以日语为主的东方文学系主任周作人，浙江绍兴人。

蔡元培当北大校长，后来又当中央研究院的院长，此后许多年，各省的大学校长和历任教育部长，按照朱希祖先生的说法，都是“蔡先生振拔之人”，所谓“枝叶扶疏，弥漫全国”。浙江人果然厉害，文武俱佳，一百年前已经证明。今天北京的浙江村居民，与当年同乡比较起来，口袋里银子会多一些，说到文化要逊色许多。竟然会有这么多的系主任，清一色的浙江人，恐怕连地处本土的浙江大学，也不敢这样无所顾忌地放肆。当时北大系主任中，坐头把交椅的照例是中文系，而偌大的中文系，又是“三沈二马”的天下，同样是浙江同乡会。三沈是沈士远、沈尹默、沈兼士，浙江吴兴人。二马是马裕藻和马衡，浙江鄞县人。鲁迅和周作人兄弟日后名声很大，成为新文化运动的领军人物，那年头像他们这样的浙江人，也就是中文系跑跑龙套，一个讲授中国小说史，一个讲授新文学和东方文学。

说到近现代教育，蔡元培之外，还有一个浙江人章太炎绕不过去。这两个人都是光复会的领袖，都为推翻清朝建立民国做出巨大贡献，到民国以后，又都把精力转移到教育上。他们在中国教育史上的地位，举足轻重不可忽视。蔡元培的门徒是教育界的权贵，章太炎的弟子则是文史方面的精英，是各大学国文和历史系的主任或名教授。一代通儒尊绛帐，千秋大业比青田。与蔡元培乐意关照同乡一样，章的弟子也多为浙江人。一九三六年，太炎先生逝世，其弟子十人联名呈请政府国葬。这十大弟子个个都有头有脸，都是显贵，以朱希祖为首，然后是马裕藻、钱玄同、许寿裳、周作人、沈兼士、汪东、曾通、马宗芗、马宗霍，自然又是浙江老乡占绝大多数。

二

也许领衔的缘故，对朱希祖先生我一直是多个心眼。章太炎弟子中，众所周知的应该还有两位，一个是大弟子黄侃，他先于老师过世，否则为首也轮不到朱先生。还有一个是鲁迅，他没来凑这个热闹，却一气写了两篇纪念文章，这是鲁迅生命中最后的文字，因此值得记上一笔。

朱先生应该属于那种圈子里的人物。知道的人，都觉得他了不得，如雷贯耳。不知道的，就得绕点弯，要借助其他名人或掌故来说事。譬如说他是章太炎的得意弟子，是鲁迅的师兄，比鲁迅还要大两岁。当年北大有卯子号名人之说，所谓卯子号，就是几个属兔的大腕。这窝名声赫赫的兔子中，两只老兔是陈独秀和朱先生，四只小一轮的兔子是胡适、刘半农、刘叔雅、林公铎。时过境迁，大家今天耳熟能详的，大约也只有陈独秀和胡适了。

朱希祖在政治上无法与陈独秀匹敌，反过来也一样，提到学问，陈与朱相比要逊色许多。在中国的传统学问中，向来有文史不分家一说，朱先生留给后人可议论的第一件事，就是将文史离婚分家。朱先生是大学文科中，自有历史系以来的首任系主任，是现代史学的开门人。“以科学方法，为治史阶梯”，历史系从无到有，朱先生首尝螃蟹，功不可没。历史为社会科学之一，欲治史学，必先通政治经济法律社会诸学，是朱先生的努力，改变了历史系的形象和地位。事实上，蔡元培刚设历史系的时候，历史系并不被大家所重视。当时，考不上中文系的人，才勉强报考历史系。在我印象中，已经考入北大的名人中，像傅斯年和罗家伦，像朱自清和俞平伯，都不是历史系的。

朱先生早年参加过科举，后来又考取官费留日，进早稻田大学攻读历史。在日本学历史，和鲁迅郭沫若学医一样，都不能作数。章太炎说起爱徒，以太平天国为例，封黄侃为天王，汪东为东王，朱先生为西王，钱玄同为南王，吴承仕为北王。他对朱先生的评价，是“逖先博览，能知条理”。经史小学，章太炎的学问中，最得史学真传的是朱先生。当年北京大学刚分系科，朱先生是中文系主任，后来才改任历史系主任，其中原因，今天已经很难说清楚。朱先生也说自己“所学得章先生之实”，事实就是，自从掌管了历史系，他才把治学重点转移到历史方面。

朱先生乡音很重，他的浙江口音，北方学生听起来很吃力。周作人《知堂回想录》里有过记载，说学生听朱先生讲孔子，反复听到“孔子的厌世思想”，心里觉得奇怪，看黑板上引用的孔子语录，都是积极向上的，一点厌世痕迹都没有。稀里糊涂听着，过了很久才弄明白，原来朱先生的海盐腔，将“现世”的“现”念成了“厌”。当时的北方学生都老实，调皮捣蛋的反而是南方学生，譬如后来一度很有名的历史学家范文澜，特别喜欢跟朱先生玩点恶作剧。范是浙江绍兴人，主编《中国通史》之前，曾写过一本与《文心雕龙》有关的著作，颇有些小才气，他发现讲义上有漏洞破绽，自己从不露面，写在小纸条上丢给同学，让好出风头的站起来起哄，责问指摘，常把朱先生弄得很窘。名师出高徒，那年头的大学生就是这么厉害，用心读书的学问好，调皮捣蛋的学问也好。从某种意义上来说，名教授的学问好，也是被学生逼出来的。

汉语注音符号的第一个版本，是因为朱先生的建议，才得以确立。这套注音符号，以古文篆籀径省之形为字母，既采其形，复符本音，今天的很多人已不明白，当时却是最简易可行。或许正是因为这件事，朱先生获得了最初的名声。那个时代的精英，最大特点就是多面手，什么都会，样样精通。袁世凯称帝，曾设博学鸿辞科，欲网罗天下名士，年轻的朱先生也曾被征入选，但是他羞与袁贼为伍，“坚辞不就”。

朱先生是新文学历史上，最初的文学社团“文学研究会”十二个发起人之一。这十二人，后来都有些名声，譬如茅盾周作人郑振铎叶圣陶，换了别人，此事值得大书特书，在其子朱偰为其撰写的年谱中，竟然一字未提，由此可见他并不看重。

三

到目前为止，我仍然搞不明白唐朝皇帝的身世，这个问题被专家学者搞糊涂了。抗战前夕，为了大唐皇室身世，史学界展开了一场激烈讨论，一方认定李唐出自夷狄，一方认定李唐出自陇西望族。朱先生花了很多力气来考证这件事。他认为李唐出自夷狄是“欲以曲解历史之邪说，摧毁吾国民族主义之思想”。让他老人家感到愤慨的是，中国人绕不明白，跟着起哄，“论者蜂起，流毒所被，浸至认唐太宗、李白、明成祖辈皆非中国人，为亲者痛，为仇者快，邪说误国，莫此为甚”。

应该说在这件事情上，朱先生有些意气用事，考虑到当时的抗日救亡局势，也容易理解。李唐出自夷狄的观点，最先是一个叫金井之忠的日本人提出来的，中国学者跟着胡乱响应，难怪朱先生要生气，要拍案而起。但是他把站在第三方的陈寅恪，当作了冤家对头，考证矛头都是冲他而去。陈的观点是李唐既不出于夷狄，也不出自陇西望族，他的意思是两家的说法都不对。这是个非常专业的问题，非大学者说不出所以然。陈寅恪后来似乎不愿意再谈这事，晚年自编文集，也不愿意将有关李唐先世的文章收入。我倒是真希望有人站出来，用确凿无疑的证据，把这事最后弄弄明白，省得大家都不服气，也顺带解了我心头之疑问。以辈分论，朱先生要大陈寅恪一辈。陈的门人罗香林是朱的女婿，陈先生曾推荐他撰写《唐太宗》。这似乎是故意要与自己弟子为难，对于李唐宗室的姓氏，罗香林在写作时“也必极难下笔，到底依照老师的说法好呢，还是依照岳丈的说法呢”。

历史不应该为政治左右，历史又不可能不被政治左右。作为历史学家，朱先生晚年的力作是《伪齐录校补》。时至今日，熟悉伪齐历史的，应该不会有几个人，抗战前，包括抗战期间，南明史和伪楚伪齐史一度都成为显学。这些中国历史上的特定时期，与当时救国存亡的国情十分吻合。伪齐的历史非常短暂，一一三〇年，金立刘豫为齐帝，仅仅做了七年的儿皇帝，到一一三七年，金又废刘豫。这与汪精卫伪政权如出一辙，历史总是有着惊人的相似之处，古为今用，朱先生的用心由此可见。

“及身未见中原定，辜负伪齐编纂心”，可惜朱先生没有亲眼看到汪伪政权垮台。一九四四年七月，朱先生在陪都重庆病逝，一个月以后，中央图书馆举行公祭。蒋介石特颁“渊衷硕学”的挽词，以蒋的学识，能想到这么四个字，也不容易。公祭场面十分壮观，党国元老和社会贤达济济一堂，各界名流赠送挽联三百余幅，由戴季陶主祭，极一时之哀荣。

用句俗白的话就是，做人能死到这份上，也算撑足了面子。朱先生生前享受了极高的礼遇。当然是与学术地位有关，在《国民政府褒扬朱逖先先生令》中，他的第一个头衔是“考选委员会委员”。这个委员不是一般的委员，基本上就是学术界的政治局常委了，比院士要强得多。他还兼过公职候选人检核委员会主任，平心而论，国民政府没亏待他，一直把他当成偶像供着。朱先生曾作诗自嘲，“不与人物接，不与山海游，终生伏几案，天地一书囚”。这个“书囚”想把自己关起来做学问，可是别人未必就肯，名分大了，这样那样的干扰难免。大殓之日，一位高人吊唁朱先生之后，曾感叹地说：

> 贤者国之宝也，天不慭愿，不使为国人传道解惑，在国家今后似应规定凡耆儒硕彦，每至晚年，则勿使其参加政府或地方工作，应厚其廪饷，供应于静雅场所，将其一生经历或特殊心得，认为系属发明，可以信今传后者，尽笔之于书表，后人观书览表，得其经验，免再自己尝试，多耗一番精力，是亦国家发扬文化，增进学术之一方法也。

这番感叹说出了文化人的尴尬。历史研究不能过于实用，不能被别的因素所左右，恰恰又最难做到。对于历史学这学科，朱先生做了不少贡献，可是他最想写的，也是最应该写的国史和南明史著作，最后都未能完成。不能不说是个很大的遗憾，“人间遽失先生，从此南明无史”，现实就是这么无情。

朱偰

一

最初知道朱偰这个人，与他父亲朱希祖毫无关系，有瓜葛的是朱自清。朱自清欧游归来，途中顺道观光威尼斯，正好遇上学成回国的朱偰。两人结伴而行，那时候朱偰还是翩翩少年，春风得意，刚在德国获得博士学位。朱自清日记中没有记录他们如何相逢，只是在到达上海的前一天，留下了这么一句话：

> 与朱偰君一同赋诗，朱得句敏于我，诗成，皆出彼手。

两人合作写诗，对句居多，自然是谁的才华好，谁占便宜。

二朱联手，以威尼斯为题，吟颂南欧佳丽地，共得三十二对句。朱自清没把他们合作的诗写进日记，但是这件雅事，却在南京传为美谈。后来，我看到了朱偰的《金陵古迹图考》和《金陵古迹名胜影集》，是复印本，并不完全，照片拍得好，文字也漂亮，看了让人感慨不已。再后来，听章品镇先生闲聊，忽然说起了朱偰，说他是朱希祖的长子，吃了一惊。这是真正的少见多怪，大师有子，能以诗史世其家，本来应该是预料中的。朱偰的诗见到的不多，他的姐姐朱倓也会写诗，这位才女的如意郎君，便是前面说到的陈寅恪得意弟子罗香林，不妨抄一首她的《台城》让大家开开眼：

古道荒凉夕照西，台城柳色最凄迷。

空余一片城头月，来吊萧梁乌夜啼。

我不懂诗，不想评价这首诗的好坏，只想说明一个简单事实，那就是朱希祖老先生对子女的诗教。写古诗需要童子功，诗的传统是熏陶出来的，小时候得到教育，长大了才能写诗，这和女子裹小脚的道理仿佛，过时间就不行了，过了这村便没这店。朱氏后人正是在诗教的环境下成长起来，一门儿女各专家，通常都是事出有因。朱先生有帮孩子改诗的嗜好，改了以后，还喜欢收在自己的诗集里。朱倓的诗大家能够读到，就是因为经过朱老夫子的亲手改削，作为附录收在《郦亭诗稿》中。同样可以见到的，是朱偰《万里长城歌》：

君不见，长城万里气吞胡，
秦皇汉武逞雄图，
但使长城名不灭，
大汉天声终不绝
……

这首诗歌曾在学校和军队中广为传唱。朱自清与朱偰斗古诗，甘拜下风，说白了就是童子功不如人，毕竟他没有朱希祖这样大师级的父亲。常人的想象中，朱自清这样的大教授，古典文学功底一定了不得，可是没想到，最后竟然栽在年轻差不多十岁的人手下，家学渊源，不服不行。要说朱偰还是学经济出身，当时刚二十五岁，因为有洋博士的招牌，一回国，便成为中央大学经济系的教授，不久又当了系主任。写几首古诗，对他来说，不过是旁门左道，玩一把而已。人要是厉害了，就算是像票友那样玩玩，也是非同小可。

朱偰这样的人，很容易被人当作谈资。首先是新派，北京大学毕业，受五四新文化运动影响。其次是洋派，德国留学，受欧美人文思想改造。用今天时髦的话，属于地道的成功人士，精英中的精英。他没有子承父志，以文史为专业，而是选择了对国家更为实用的经济学。朱偰后人曾为我提供了一份他亲手制定的书目，其中有大量谈经济的文章，共有六十二篇。朱偰将这类文章分为五类，泛谈经济的为一类，譬如写于战前的《世界经济恐慌与德国政局之变迁》，写于战时的《中日经济战争决胜之关键》，《川中公路及东西公路沿线经济财政调查》。其他，如货币史，如币制，如金融，如外汇，又各为一类。

作为中央大学经济系主任，一度又当过财政部专卖事业司司长，朱偰的观点对当时国民政府的财经政策，有点指导意义是显而易见。索性再摘几个题目供大家欣赏，譬如写于抗战期间的《展开沦陷区域经济的游击战》《建设四川经济首当注意林垦业》《重建后方证券及物品交易所问题》《从民主主义立场观察物价问题》，单看这些标题，就知道朱偰的观点已经高于常人，重要的是，这些文章写得不仅专业，而且有趣。

二

朱偰最有影响的两部书，应该是《金陵古迹图考》和《金陵古迹名胜影集》。五十年代初期，朱偰正在南京大学给学生上课，突然来了几位办事人员，说刘伯承和陈毅两位将军心血来潮，很想见一见朱先生，要和他面谈一次。约好了第二天派专车来接，让他做好准备。

我想朱偰当时一定吃惊，心里七上八下，横竖有些摸不着头脑。这两位将军权重一时，一位是上海市长，一位是南京市长，都是开国元勋，都是叱咤风云的人物，他们要想接见谁，那绝对是给谁面子。促成这次会面的媒人，是《金陵古迹图考》。说起这本书，又是朱偰的副业，又是一个歪打正着。他的本行应该是经济，可是让他成名或产生重大影响的，大多与专业没有直接关系。造化弄人，旁门左道也会折腾出大出息，这倒是个现成的成功例子。

朱偰三十年代初从德国回来，正赶上国民政府大兴土木，疯狂建设新首都。那时候的南京，日新月异，时刻处在剧烈变化之中。今日城市发展中的矛盾和难题，当时也是一样遇到。

去旧迎新，许多文物在建设中不可避免遭到破坏，有的干脆就是灭顶之灾。有识之士为此感到心痛，奔走呼吁，竭尽全力保护。赛珍珠在自传中，就曾写到过这件事。突如其来的巨变，让这位在中国长大的洋人感到深深恐惧，她在这个城市已居住了很多年，在这里教书，写作，完成了让她获得诺贝尔文学奖的《大地》。赛珍珠热爱这个城市，在她的思维中，南京像古耶路撒冷城一样古老，然而轰然作响的推土机，无情地摧毁了她的梦想。成片的老房子转眼间灰飞烟灭，她和国民政府的关系，也因此弄得非常僵。

平心而论，国民政府的官员，对南京文物的破坏，还算是手下留情，毕竟当时官场上，仍然有几位懂点文化的官僚。加上南京的文物实在是多，也禁得起糟蹋，毁坏一两样算不上什么。朱偰授课之余，邀集同好三人，开始对南京的名胜古迹，“加以实际调查，从事摄影测量”，用他自己的话来说，就是“举凡古代城郭宫阙、陵寝坟墓、玄观梵刹、祠宇桥梁、园林宅第，无不遍览”。他又爱好摄影，而且水平不错，用德国人生产的相机，为后人留下了大量珍贵的历史镜头。《金陵古迹图考》从千余幅照片中，精选三百二十幅编写而成。这部书完稿后，朱偰还不过瘾，又编印了《金陵古迹名胜影集》出版，“一图一考，相辅而行”。

这两本书在当时产生了广泛的影响，好评如潮。出版不久，抗战爆发，南京失陷，这书更有了一层不同寻常的意义。国破山河在，自古以来，南京这个多灾多难的城市，就与民族患难息息相关，此次作为首都失陷，更易牵动人们的爱国情绪。刘伯承就是在延安时期，读到了《金陵古迹图考》，想到这么好的名都正沦落在敌寇手里，心潮澎湃感慨万千。“一年三百六十日，多是横戈马上行”，刘伯承和陈毅一样，都是共产党里“身经大小百余战，麾下偏裨万户侯”的超级帅才。换句话说，天下就是他们亲手打下来的。武人尚文，自古都是雅事，刘陈骑着马来到这个城市，他们要让朱偰这样的高级知识分子知道，自己不只是“公侯干城”的赳赳武夫。朱偰的遗孀凌也徽在《金陵图考寄深情》一文中，记录了这次不同寻常的会面：

> 落座后，刘将军高兴地说：“昔日在延安读你书时，很想与作者一见。可那时我在解放区，先生在国民党统治区。今日书与作者俱在眼前，可谓如愿以偿。”

神交已久，终于遂了心愿。朱偰当时的心情不难想象，受宠若惊毫无疑问。接下来，便是陪两位将军按图索骥，游览南京名胜。首先登清凉山绝顶观莫愁湖，观石头城，然后去凤凰台吊瓦官寺遗址及阮籍衣冠冢，这只是一个上午，饭后继续，再登紫金山，北望六合八卦洲，南望中山陵灵谷寺。一闲对百忙，再也找不到比朱偰更好的导游了，刘伯承和陈毅游兴不减，过了几日，又邀朱偰陪同去南唐二陵，胜利者访问失败者，实在是很有意味。

三

朱偰晚年回忆自己的少年志愿，曾说：

> 那时我佩服鲁仲连，功成不居；我爱好乐毅，君子交绝不出恶声；我喜欢荆轲、聂政，支持正义，翦除强暴。那时候，我立志要做一个大丈夫，干一番伟大的事业。

一个人活着要有用于国家，这是五四一代青年的美好理想。朱偰多才多艺，不但擅长旧体诗，还写过新小说。在朱偰后人提供给我的编目中，有大量谈古典文学的文章，还有八篇小说，其中单行本《泡影》写于一九二七年，此时朱偰刚刚二十岁。所有这些都不过玩玩而已，都不是学问的主攻方向。我想他当年选择经济学，未必是因为真心喜好。大丈夫当雄飞，安能雌伏，我甚至怀疑这个选择，只是更看中了经济学的实用。虽然朱偰天生就是文人，怎么脱胎换骨，还是个文人，难免百无一用是书生的想法。在朱偰所处的时代里，立志要当大丈夫，第一等事业是投笔从戎，枪杆子里出政权。其次是搞政治，大小混个官做做。再其次实业救国，办厂，弄企业，当总经理当董事长。这三项都不沾边，临了又回到了传统文人的老路上，便没什么好戏可唱了。

有心栽花花不发，无心插柳柳成荫。朱偰的专业在今天吃香喝辣，在当时却是报国无门。抗战，内战，好不容易盼到和平，盼到安定，可是在国外学的那些资本主义经济学玩意，于社会主义建设毫无用处。刘伯承和陈毅两位将军的亲切接见，他的两本玩票似的旧著，竟然如此这般地得到开国元勋的重视和赏识，所有这些都让朱偰感到“最大的幸福和鼓舞”。识时务为俊杰，从此，他开始改头换面，把自己做学问做研究的辎重，全部投入到了历史文化研究中。经济系主任朱偰正式下海了，先后撰写了《南京的名胜古迹》《苏州的名胜古迹》《江浙海塘建筑史》《大运河的变迁》《中国运河史料选辑》《中国人民开发台湾反对侵略斗争史略》等等。

一九五五年，朱偰被任命为江苏省文化局副局长，负责分管文物保护。一时间，似乎找到了最适合自己的位置。他的天性，大约是做什么事情，都可以津津有味，都能做出一番不同凡响的成绩。业余爱好变成了专业，身上的旧文人气质得以尽情发挥。朱偰所做的第一件事，就是尽力抢救散落在南京郊区的六朝古墓，在他的直接过问下，这些濒临灭绝的陵寝，一个个被定为省级文物保护单位，树立标牌加以重点保护。

可惜好景不长，正当他如鱼得水干得欢快的时候，一件意想不到的事情发生了。朱偰遭遇上了轰轰烈烈的大拆城墙运动。南京的城墙举世闻名，在当上省文化局副局长的第二年，拆城墙的愚蠢行为，一下子变得势不可挡，转眼之间便昏天黑地。等朱偰闻讯赶到事发现场，就像刚发生了一场攻城恶战那样，好端端的城墙早已被拆得面目全非，东缺了一个口子，西扒开一大片，或夷为一地，或变成废墟。突如其来的大劫难让朱偰目瞪口呆，如丧考妣，他立刻向市政府提出紧急建议，反对这种野蛮破坏古代文明的荒唐做法，又奔走呼吁，为广播电台写稿子，联合社会各界保护古城墙。

谢天谢地，在舆论的监督下，古城墙遭受了重大破坏，总算没被完全拆光。可以这么说，南京城墙最终得以保留，朱偰功不可没。在接下来的反右运动中，因为护城墙有功，因为奔走呼吁，他竟然被打成了“右派”。朱偰不服气，不服气也没用。他向政府提出批评，完全是从爱护文物出发，没有任何恶意，朱偰错在不知道自己是谁，或者说忘了自己是谁。

被打成“右派”是他生命中最重要的转折，一前一后，冰火两重天。朱偰有两个夫人，俗称两头大，洋太太德国人欧兰女士，本土太太凌也徽女士，和平共处相安无事。有一大堆可爱的子女，被打成“右派”前，他享受着高级知识分子体面而有尊严的生活，打成“右派”后，官被免了，薪水降了，只能乖乖地夹起尾巴做人，过着狼狈不堪的日子。这还不算完，对他的残酷迫害，从来没有停止过。一九四九年以后，叶灵凤去了香港，成了海外华人，偶然读到《金陵古迹图考》，他是南京老乡，对这本书激赏不已，睹物思人，大发感慨：

> 前几年听说朱氏仍在继续他的南京一带文物史地调查研究工作。现在的工作条件自然比二三十年前更好了，希望他能有新著作问世，以慰我这个羁旅天涯的游子。

叶灵凤并不知道，经过十年的苦难，在一九六八年七月十五日深夜，学究天人的朱偰，因为不能再忍受对他的人格污辱，上吊自杀，他在遗书中写道：

> 我没有罪！你们这样迫害我，将来历史会证明你们是错误的。

傅 雷

一

傅雷先生如果还活着，恰好一百岁。他出生那年，正赶上中国封建时代最后一个皇帝溥仪登基，这是巧合，也是宿命。大清朝气数将尽，不破不立，皇上的时代终于结束，新中国就要诞生，这个“新”气象万千，给人带来了希望。过去一百年，伴随着傅雷走过，不太平的岁月远比太平居多。平心而论，在这个时代能幸存于战火，苟且偷安于动乱，已属非常幸运。

熟悉傅雷的人会告诉我们，他生性梗直倔强，容易愤怒，早在读中学之际，就因为言辞激烈被学校开除。他曾是学生运动的积极分子，而且还是带头人，以他的天性和少年经历，成为一名职业的革命者并不意外。中学即将结束，发表了自己的第一篇小说，是不是唯一的一篇还有待于考证，但是文学的魔力开始在血液里兴风作浪，意味着他终身必然和只能是与文字为伍。

从此以后，傅雷的所作所为，更像一个标准的文人，始终是有骨气的文弱书生。天下大乱，战火纷飞血雨腥风，他没有投笔从戎，没有参与激烈的党派之争，而是有意无意地远离暴力和政治。大家都知道，傅雷曾在法国留学四年，出国时只有十九岁，等到学成归国，在抵达上海的当天，正赶上震惊中外的“九一八”，这又是个国难当头的日子。六年以后，抗战爆发，和当时很多爱国的文化人一样，他曾携家去广西避难当义民，因为交通混乱，受阻于梧州达三月之久，最后不得不返回上海。又过了两年，到一九三九年，傅雷历经艰险，又一次抵达内地，赴昆明国立艺专任教，差一点与闻一多先生成为同事。

傅雷没在战时的大后方留下来，他与国立艺专的校长意见不合，犯起了牛脾气，又回到上海的孤岛。接下来，以纯粹个人的形式进行着抗战，在孤岛期间，为了不与日本人照面，傅雷闭门不出，“东不至黄浦江，北不至白渡桥”，整日埋头翻译。对傅雷的生平进行简单扫描后不难发现，他一生中有两个阶段的翻译都是出奇勤奋，成绩也极为惊人，第一个阶段是抗战期间，而这第二个阶段，就是打成“右派”以后。

不幸有时候也能成为一种动力，面对牵涉到整个民族命运的国难，个人事业遇到巨大不幸和挫折，傅雷都是选择用译笔来表达他的立场。两耳不闻窗外事，一心只译圣贤书。一个有品质的文人，个人行为上究竟应该如何特行独立，在困难面前应该如何进行正确选择，他都为我们做出了很好的表率。

也许正因为如此，最后那一幕完全可以避免的巨大悲剧出现，大家才会感到非常遗憾，感到非常痛心。当人格和尊严备受凌辱，傅雷的终极抉择，竟然是与心爱的妻子一起自杀。

二

对于大多数读者来说，没有了翻译家，世界文学将是一段十足的空话。没有翻译家，即使我们像伟大的歌德那样，信心百倍地宣布世界文学的时代已经到来，语言障碍的高山挡在面前，我们还是看不到山那边的无限风光。

傅雷把毕生的精力都放在了文学翻译上，他的第一本译作是《夏洛外传》，是一个卓别林演绎出来的故事，是好莱坞的电影，经过法国人改写，再通过傅雷的翻译，变为一道菜肴端到中国人面前。我不知道这本书影响有多大，是否受到当时读者的欢迎，根据译者自述，傅雷希望它能为自己挣几个小钱，结局却是遭到好几家书店经理的拒绝，只能自费出版。

傅雷的翻译最后得到大家欢迎不容置疑，我们完全可以这么说，巴尔扎克真该好好地感谢这位中国知音，正是因为有了傅雷的出色翻译，法国大作家的心血才货真价实地成为中国的畅销书，从书店的架子上走向千家万户。不止一个人翻译过巴尔扎克的作品，然而傅雷的译本最为我们熟悉，最容易被大家接受，是众所周知的共认品牌。当然，傅雷也更应该感谢巴尔扎克，毕竟原创的意义更为重大，没有原创一切都将无从说起，傅雷的人生中如果没有了巴尔扎克，关于他的种种评价，就不得不重新撰写。

吃翻译这碗饭看起来容易，其中的诀窍无奇不有，真正要靠它养家糊口，远比我们的想象困难许多。上个世纪的大多数年代，原著版权还是个十分可笑的概念，不是可有可无，而是压根没有。谁有本事都可以抢译，谁能占领市场谁就是老大。有太多的文化人涉足过翻译领域，在很多非常尴尬的历史时期，翻译文学作品要比写作更容易生存，来钱更快，更容易成为躲风避雨的码头。巴尔扎克成了傅雷最好的憩息地，同样是在困难关头，很多人就没有他那样的幸运。一九四九年以后，图书出版基本上被垄断，翻译苏联作品成为时髦，许多搞翻译的人不得不跟在老大哥后面亦步亦趋，比如也是翻译法国文学的李青崖先生要翻译莫泊桑，就必须小心翼翼地申明自己的选目是根据苏联的权威译本。这种拉大旗做虎皮的办法有点迫不得已，更狼狈的则是施蛰存先生，他只能捡些别人挑剩下的玩意，比如尼克索的《征服者贝莱》，以施先生的挑剔眼光，以他的学养，我不太相信他会从内心深处，真正地喜欢这些流行一时的作品。

傅雷的幸运在于他的翻译一点都不用勉强，完全可以沉浸在伟大的巴尔扎克身上。同样是打成“右派”，同样是拿翻译报酬，靠翻译这门手艺吃饭，傅雷要比施先生自在潇洒很多。很长时间里，巴尔扎克都是一个主旋律作家，作为批判现实主义的代表人物，因为马克思恩格斯的看好，巴尔扎克有幸成为经典中的经典，翻译他的作品是旱涝保收。

傅雷最后一部翻译作品是巴尔扎克的《幻灭》，我更愿意相信这只是一种巧合。

三

傅雷先生曾翻译过一段很短很经典的话，意思是说，人不过是一株芦苇，是自然界最脆弱的生物，人又是有思想的芦苇，因为有了思想，所以也是最强大的生物。一滴水，一缕水汽，都有可能置人于死地，但是人还是比压倒他的世界万物高出一等，因为人类明白世界万物在哪些地方会胜过自己。

很长时间内，我并不太明白这句话的意思，话说得太哲学了，有那么一些绕人，到底想说明什么呢。傅雷是个有才华的人，除了翻译方面的特殊贡献，他对音乐的爱好，对美术的见解，都达到了相当高的水准。说傅雷的这一生可歌可泣并不为过，他是一株芦苇，是一株有思想的芦苇，但是我们以傅雷为例，是不是也可以反问一句，人同时会不会又是一些没有思想的芦苇，因为世界上许多最反人类的坏事，都是人这个高等动物自己干出来的，战争，政治迫害，丑陋的背叛和无情无义，所有这些都和冠冕堂皇的我们脱不了干系。

过去一百年，无休止的战争和政治运动，成了父辈和祖父那一辈人的噩梦。今天经常响彻我们耳边的和谐社会一词，还有那些对于是非与价值的简单判断，如果能早一些流行多好。时至今日，我们只能庆幸，那个噩梦时代终于结束了，同时也不得不感叹，恰恰是在那个不太好的年代，忍辱负重的傅雷以自己的不懈努力，给后人留下丰厚的精神遗产。这或许也解释了一个古老的真理，痛苦的结晶往往才是最美好的。

我不知道如今还有没有人能像傅雷那样，把自己的全身心都投入到翻译文学作品中去，时代已经改变，文化人面对的问题已完全不同。懂外语的人越来越多，国家与国家之间的交往越来越密切，我们，无论是西方的欧美，还是东方的华夏，正在相对地变得越来越文明，越来越远离战争和政治运动，越来越和谐社会并且开始讲究双赢。

几年前，正在筹办的傅雷纪念馆打电话过来，希望能捐一些傅雷当年送给祖父的老译本。我差一点就要答应，最后却还是拒绝了，因为确实有些舍不得。傅雷的旧译并不难找，为什么非要把自己珍藏的祖传版本送给他们呢。王小波曾说过王道乾先生是他文学上的恩师，对于傅雷，我也可以毫不掩饰地说同样的话。在不同的场合，我不止一次讲过巴尔扎克对自己的影响，我的一本专谈外国小说的书就叫《想起了老巴尔扎克》。其实，说到巴尔扎克的影响，还不如直截了当说傅雷的培养更好，很长时间内，我一直是把傅雷译本当作自己的语文教材，傅雷实际上就是我的语文老师。

二十多年前，在大学里做硕士论文，我提出过一个观点，描述中国现代文学的发展，不但要研究作家原创的作品，还要研究翻译文学的语言。现代汉语的发展壮大，文学语言的日趋成熟，是由这两种力量同时推动的，而傅雷恰恰是翻译文学领域中最突出的一位，他不仅向我们贩卖和推销了外国文学，还把第一流的汉语范本展现在了读者面前，直接影响了很多有志于从事文学创作的人。

四

一个不懂外语的人，冒冒失失谈论翻译是很可笑。法国的纪德翻译莎士比亚，把“静得连一只老鼠的声音都没有”，译成了“静得连一只猫的声音都没有”。为此，傅雷与施蛰存曾有过一番认真的讨论，傅雷认为这个绝对不是错译，而是“达意”和“传神”。英法两国人形容安静有不同的习惯，重点不在究竟有没有老鼠和猫，就像中国人说起鸦雀无声，鸦和雀都是虚拟，我们说“静得连一根针掉在地上都能听见”，绝不是真有那么好的听力，死扣字面无疑会闹笑话。

有什么样的翻译，就有什么样的读者，同样，有什么样的读者，也会有什么样的翻译。也许读者根本不在乎傅雷的那些努力，对于翻译作品，匆匆地看上一遍，知道一个大概已经足够，明白几个洋人的名字和故事便算完事。世界文学名著已成为最好的文化装饰，成了客厅中高大书架上的品味摆设，并不是所有的人都会喜欢傅雷的翻译，过犹不及，过分地钻牛角尖，弄不好也会走火入魔。然而有人喜欢的就是这种书呆子气，譬如我，就是傅雷译本的坚定拥护者和受惠者，他译文中特有的那种节奏，那种语感，那种遣词造句的风格，都曾经深深地影响过我。

傅雷把太多的精力花在了达意和传神上，文字方面的精益求精让读者获益匪浅，我正是以一种感恩的心情在写这篇怀念文章。傅雷活着的时候，美文这个词还不流行，因为在老派的人看来，“文”这个字本来就含有“美”的成分，天生就应该是美，只不过是随着文字的普及，随着文化的泛滥，文已经越来越不美丽，越来越不讲究，基于这样的现实，强调傅雷的译著为美文并不过分。

傅雷的远去意味着一个文学时代的结束，在文化和文明缺失的昨天，他的浩瀚译著曾像沙漠中的绿洲一样，滋润了一代又一代的文学青年。一位法国学者谈到莫扎特，曾说过他的音乐不像自己的生活，更像他的灵魂。莫扎特的生活是不幸的，他的音乐却充满了欢乐。傅雷的译文也不像他的生活，他留下的文字美丽清新，充满了智慧，充满了爱，将永远留在我们的记忆之中。

一百岁的傅雷将永远值得我们怀念。

沈从文

关于沈从文先生，有许多话可以说。上世纪八十年代，我姑姑快退休了，忽发奇想要写电影剧本，说写就写，是写画家司徒乔。我至今都不明白她为什么这么做，反正是兴冲冲地写了，写完，也没地方发表，更谈不上谁愿意拍摄。完全自娱自乐，就在自家传阅，每个人都翻一遍。我伯父建议姑姑去和沈从文谈谈，听听他的意见，因为沈与司徒乔的关系非同一般。姑姑说，她又不认识沈先生，怎么可以去贸然见人家。

这是我第一次听说沈从文与司徒乔是好朋友，沈是一个很侠义的人，一九三一年徐志摩飞机失事，他以好友身份专门赶到出事地点，向朋友们报道事发经过。大家都知道沈从文与当年在北京的一帮文化人关系不错，知道他与胡也频和丁玲有着非同寻常的交情，这都是耳熟能详的故事，可是与司徒乔，如果伯父不提起，我还真不知道。

伯父形容沈从文说话的神情，与钱钟书小说《猫》描写的曹世昌还真有些像，举动斯文，很小心翼翼的样子，是悄悄地告诉你，仿佛在透露十分秘密的消息。他柔声细语地对伯父说，他的家乡凤凰非常漂亮，真的很漂亮，如果有可能，应该去一趟，好好地看一看。伯父比沈从文小十多岁，因为祖父的关系，当然是与沈认识，不过他觉得自己毕竟晚辈，还不够资格从中引见介绍，非得老爷子亲自出马才行，但是祖父未必就肯做这样的事，沈从文为人一向认真，对于一个认真的人来说，轻易不能麻烦。于是不了了之，事实上过了不久，姑姑的电影热情也消失了，玩票就是玩票，当不了真的。

还是上世纪八十年代，老作家章品镇跟我说过与沈从文有关的另一个故事。大约“文革”前，沈从文到江苏来，考察什么文物，章向其求字，他迟疑着答应了，说容他回房间再写，章以为只是敷衍，很多能写字的人都是这么推托，没想到第二天，他竟然用小楷抄了一大段文字。这事足以说明沈从文的实在和认真，我看过他给王伯祥之子王湜华写的字，也是整篇都写满了，数一数，竟然有几百字，一个人老是这么给人题词，非累死了不可。

很多文化人去凤凰，都冲着它是沈从文的家乡，起码我就是这样。凤凰古城漂亮，湘西的风景迷人，如果没有沈从文，一定会大大逊色。二〇〇〇年秋天，清澈亮丽的沱江边，我在沈的墓前久久徘徊，不远处，有一块他妻子张兆和写的铭文，字数不多，让人无限感慨。我没有带相机，也无纸笔，就反复看，当时记住了，现在却写不出来。大意是沈从文死后，大家如此隆重，无非锦上添花，而沈生前矛盾重重，诸多坎坷，却很少有人雪中送炭。

一九四九年，祖父到北京没几天，便去看老朋友沈从文。见面的结果让祖父很失望，虽然他们也“杂谈一切”，但是沈从文的恍惚，不近人情的多疑，明显的精神失常，让祖父感到揪心之疼。就在这次见面的一个星期后，沈从文用剃刀将自己的颈子割破，两腕的脉管也割伤了，还喝了一些煤油，幸好是在大白天，抢救及时，生命才得以保存。这段惨痛往事，很长时间都被深深埋藏，后来被人重新提起，基本上都是从政治迫害这个角度入手。

政治上的迫害不容置疑，但是面对同样的压力，很多人都若无其事挺了过来，朱光潜被定性为蓝色作家，萧乾被定性为黑色作家，相比较而言，被定性为粉红色作家的沈从文，罪名似乎要更轻一些，这一点不仅我今天这么看，在当年，沈从文的儿子也是这么认为，他甚至还因此安慰过父亲。别忘了沈从文是从乱世里走出来的，早在还是一个毛孩子的时候，他就当兵了，见识过杀人如麻的场面。别忘了他是性格倔犟爱吃辣子的湖南人，出生地湘西以民风剽悍而闻名，说他仅仅因为害怕才自杀，这实在是小看了沈从文。

时至今日，重新说到沈从文，不妨有些医学的观点和态度。从现有记录资料来看，当时的沈显然患有很严重的精神疾病，也就是眼下人们常说的抑郁症。他的不安宁并不是持续的，一会清醒，一会糊涂，“有时候忽然心地开朗，下决心改造自己，追求新生，很是高兴”，“更多的时候是忧郁，悲观，失望，怀疑，感到人家对他不公平，人家要迫害他，常常说，不如自己死了算了”。

有时候事情非常简单，有时候当然不是那么简单。也许我们还不能完全相信张兆和的话，作为沈从文的妻子，她也觉得当时的压力并不像想象中那么大，认为他只是自己把自己打倒了。压力大小很难判断，不同的人，承受能力肯定不同。有一段时间，我十分在意这方面文字，着重研究沈从文一九四九年前后的心路历程，并不想得出什么结论，而是希望能够多些观点，多些角度，在不可能中寻找到一些可能。

事实上早在一九四九年之前，沈从文的写作就遇到了严重问题，所谓个人发展的瓶颈。以小说水平而论，一九三四年出版的《边城》是巅峰之作，这以后，基本上陷入了拔剑茫然的境地。到了一九四二年的《长河》，虽然有所突破，但是作为小说名家，他的个人影响力正在减弱，读者的关注度明显减少，这固然与抗战的文学大背景有关，也与小说的深度分不开。说老实话，尽管沈从文的小说写得很好，从来就不是个自信的作家，他有足够的勇气，有农夫默默耕耘的写作耐心，对未来却并不看好。

这也就是要选择在大学里当老师的原因，与留洋的大教授相比，沈从文工资只是人家的十分之一。一个教写作的老师在大学里其实没什么出路，遭人白眼也属正常，沈从文赖在大学里，也就是杜甫“已忍伶俜十年事，强移栖息一枝安”的意思，偏偏最后连这个也难以为继。众所周知，通常情况下，当职业作家是养不活自己的，在一九四九年，沈从文对前程的最大担心，显然不是能不能写的问题，这个问题对他来说折磨已久，也就不再是迫在眉睫的大问题，而是还能不能继续在大学里当老师，还能不能活下去：

“我应当休息了，神经已发展到一个我能适应的最高点上。

我不毁也会疯去。”

这是沈从文当时发出的最惨痛声音，生存的恐惧把他彻底给压垮了，多少年来，沈从文都是以退为攻，可是现在他已经没什么地方可退。这其实是一代作家所面对的共同难题，简单地说，沈从文只是比别人更不善于应变，在与时俱进方面，他的能力孱弱了一些。

回顾过去的历史，我的耳边总是回荡着美国作家福克纳的声音，“一个真正的作家是拦不住的，如果被拦住了，他就不是”。多少年来，我们一直在给为什么不能写作找一个理由，可是对于一个作家来说，只要是不写作，就永远会有充足的借口。我一直会有些不太切实际的联想，如果当时给了沈从文写作机会又能怎么样，如果让他获得诺贝尔文学奖又能怎么样。把责任都推给社会，把过错都归于环境，显然太过于简单，太外行。写作说到底，是写没写，而不是让不让写。冤有头债有主，怨天尤人怪罪社会，并不能最后解决写不写的问题。小说史从来都是只关心那些写出来的文字，世界上一流作家的作品被查禁屡见不鲜，不合时宜有时候恰恰就是好作家的标志，写《尤利西斯》的乔伊斯一生都不得志，帕斯捷尔纳克的《日瓦戈医生》当时也不可能在苏联出版。

据说沈从文是中国作家中最接近诺贝尔文学奖的人，事实上就算获得了这个奖项，也不可能给他带来什么真正的快乐。一个作家最大的幸福，是一吐为快，是把内心深处想写的东西写出来。只要这个愿望不能完成，只要写作的过程还没有结束，作家的良心就不可能获得安宁。奖励永远是外在的，有时候可能还会帮倒忙。即使是没有得这个奖，风烛残年的沈从文最后也是苦尽甘来，享受到了“部级”待遇，配备了汽车和司机，所有这些，对于一个真正热爱写作的人来说，又有什么用呢。

沈从文此生最大的寂寞，是有一天突然发现自己不能再写了，他尝试着各种努力，有劲使不出来，最后只好壮士断臂忍痛放弃。好在他终于找到了一条退路，这就是文物研究，并在这方面取得了惊人成就。失之东隅，收之桑榆，对沈从文来说，不过是完成了另一件功德圆满的善事。沈从文的意义在于，他告诉我们一个人努力去做一件事，只要真努力了，就有可能做好。有时候想想，写小说真没什么大不了，用不着把它吹捧得太高太玄乎，小说说到底也就是小说。在给汪曾祺的信中，沈从文说拿破仑是伟人，我们只能羡慕，学不来，可是像雨果和托尔斯泰那样，想效法却不太难。

沈从文一生中遇到了两个好时代，前一个时代，是抗战爆发前的十年，这期间，他的小说从默默无闻，到炙手可热，报刊编辑和广大读者都十分期待他的文章。然后是生前的最后十年，也就是今天许多文化人怀念的上世纪八十年代，这时候，他的小说从坟墓里爬出来，又一次重新获得了读者，获得了声誉，他开始成为标志性的经典人物。

钱钟书

一九八六年研究生论文答辩，有老师向我借钱钟书的《围城》，理由是答辩时可以提问。也许我的表情有些疑惑，也许当时说了什么不该说的话，这位老师突然脸红，承认并没有好好地看过，说他一直没有找到这本书，现在正好趁论文答辩，把它再翻阅一下。

论文答辩很顺利就通过了，我的指导教授是叶子铭，名师劣徒，作为他的弟子，不看僧面看佛面，无论本校还是外校教授，大家得过且过，都乐意给这个面子。印象中几乎没有什么为难，以表扬为主，以鼓励为辅，最后略微批评，无非想法太多，有点新潮和偏锋，对钱钟书评价稍稍过高了一点。不管怎么说，钱不是什么大作家，和鲁郭茅相比不行，和巴老曹相比也不行，也就至多二流吧。

然后老师之间的随便议论，我作为学生，陪坐就行，也用不着回答问题。我历来对作家排座次不感兴趣，叶先生对茅盾情有独钟，私下对我们几个弟子，常把茅盾放在鲁迅前面，认为论思想深刻鲁迅当仁不让，比小说地位茅盾显然应该占优。我乐得听教授们争论，东扯西拉说到最后，话题又回到钱钟书身上，让我重新回答，究竟应该怎么看钱的地位，放在哪个位置上才合适，他的小说到底好在哪里，我因为该说的话已说过了，加上有些紧张，便大谈沈从文，大谈废名和师陀，说了好一会，话题还没谈到钱钟书，叶先生摆摆手，不让往下说了。

我正好找到了台阶，顺势退场，高高兴兴地结束研究生阶段的学习。选择钱钟书作为自己学问的研究方向，完全因为偶然，首先考研就是开玩笑，就是一场人生游戏。说到个人兴趣，我更喜欢外国小说，也喜欢唐诗宋词，不感兴趣的恰恰是中国现代文学。考研只是陪公子读书，一位朋友一定要拉着我陪考，说考研乃人生第一大无趣，必须有个难兄难弟陪着送死。如果这哥们当年提出考比较文学，考古典文学，我们也完全可能会冒险尝试，能否考上说不准，也许考不上，也许就考上了。

从考上到正式读研，有半年时间，这是一段十分闲散的日子，春风得意马蹄轻。我在大学做老师，不上课，当两个班辅导员。马上要离开这个单位，谁都不把你当人看，我趁机写了自己的第一部长篇小说《死水》。同时恶补现代文学知识，既然考上了，原来必须拿在手上的敲门砖，譬如王瑶版《中国新文学史稿》，譬如唐弢主编的《中国现代文学史》，便可以堂而皇之扔到一边。那阵子，看最多的是夏志清先生的《中国现代小说史》，我最后选择了钱钟书，显然与他的极力推荐有关。当时看的是台湾版，夏的观点与大陆的主流定论截然不同，旁观者清，我既上了现代文学这条贼船，自然会想到在学问上有些反动。

考上研究生是一九八三年，那年头招生不多，导师要带完了这一拨弟子，要等学生毕业，拿到了学位，才能接着招下一批次。当时的风气是拨乱反正，翻案成风，好挖掘出土文物，动不动从角落旮旯扯个被埋没的好作家出来。记得我曾很老气横秋地告诉祖父，说沈从文小说不错，很多人根本不知道他写得好。祖父听了很生气，说谁都知道沈的小说好，当年我就编发过他好多小说，人家有名得很呢，只是你们孤陋寡闻，并不是别人不知道。

我从来没有告诉过祖父，自己最后选择了钱钟书作为研究对象。祖父已经老了，他对我要研究什么，未来有什么理想，并没有太大兴趣，通常情况下，只是希望我能陪他多说说话，说点古今中外的段子，清谈可有可无的掌故。考上大学，读研究生，看了不少书，在老人眼里都不是事，都不算出息。

促使我选择钱钟书的更重要理由，是读了钱《宋诗选注》的序。虽然只是一篇小小的序言，但是它对一个人的影响非同小可，仿佛晴天遭遇劈雷，又好像沙漠上突然见到了绿洲，我完全被颠覆了，一下子醒悟过来学问该怎么去做，明白仅仅去翻案，为反动而反动，并没有什么太大意思。

因为这篇序言，我开始对钱钟书入迷，到处搜罗他的文字，把搁在祖父书桌上的四卷本《管锥编》据为己有。老人家有些吃惊，不明白一个即将从事现代文学研究的人，竟然会对这种书有兴趣。他显然是怀疑我的古文程度，而且还有那些引用的近乎奇怪的洋文，明摆着我不可能看懂。作为一位五四老人，祖父肯定不赞成我走掉书袋的旧路，但是也没有反对，只是奇怪我的兴趣所在。

事实上，我还没有开始读研究生，做学问的方法已经给自己确定好了，这就是研究哪一个具体作家并不重要，重要的是如何打通作家与时代的关系，要用自己的眼光去重新审视现代文学。如果有可能，我将写一篇像《宋诗选注》序那样的文章，写一本个人风格的文学史。钱钟书的学问太大了，他是不折不扣的天才，谁也没有那个能耐可以完全学他，要学只能学一部分，学一点皮毛。

毫无疑问，我太好高骛远，在不知不觉中成了钱钟书的粉丝。曾见到过这样的记录，那就是祖父曾给钱钟书写过字，向祖父要字的人很多，然而看到钱钟书的名字，我忍不住有些心动，想拜见的念头一闪而过。如果说我一生中，真有过什么特别强烈的冲动，想冒昧地见一个什么名人的话，那么就是这位钱钟书了。和同龄人相比，我见过的文化名人并不算少，或许这想法不是不能实现，事实上也有过这样的机会。后来钱钟书仙逝，我曾向吴泰昌表示没有见上一面的遗憾，吴笑着说这事别人不容易，在你真是不应该。

只能用不要去考察下蛋的母鸡来安慰自己，我只能这么去想，一个真有能耐的人，不应该去当别人的崇拜者，应该让别人来崇拜你。有人知道我研究钱钟书，常常问我他的小说究竟有什么好，他的《管锥编》为什么要用文言，我总是喋喋不休解释，一次次强调，一次次叫好，完全像一个拉赞助的。钱钟书在我心目中代表着治学的最高境界，情人眼里出西施，我知道对某个人过于喜欢，常常有可能会影响你的判断。

如果我是诺贝尔文学奖评委，会毫不犹豫地把这奖颁给钱钟书。如果真有所谓国际水平，钱钟书的著作就是国际水平，代表着行业的最高水准。多少年来，我一直把《管锥编》当作小品文读，厚厚四大卷，随意挑出一段，可以品味很久。也不知道幸运还是不幸运，我三心二意，最终成了一名写小说的人，与学问越来越远，与当初选定的专业几乎没有任何瓜葛，基本上就是不学无术，但是床头经常堆放着的，仍然是钱钟书的作品。我的很多观点都是来自钱钟书，虽然都是二手，虽然很芜杂。

总是忍不住要想象六十年代末七十年代初，那时候，“文革”如火如荼，钱钟书下放干校劳动，拿很高的薪水，干的活也就是当个负责收发的邮递员。对于一个脑力工作者来说，这差事并不差，唯一可惜的是没书读。按照我的傻想法，钱钟书当时真走火入魔，偷偷地闭门造车，不顾一切写起小说来，未必就是什么滔天大罪，未必会被捉起来严刑拷打，而且很可能一出手就是一本《红楼梦》，以他的绝世才华，这绝不是不可能的事。

写小说并不需要什么书，并不需要资料，闲着也是闲着。小说家最好的写作状态是与世隔绝，没有名利之争，没有衣食之忧，被世人所忽视，为大众所遗忘。不知有汉，无论魏晋，干校不是世外桃源，“文革”也不是与文化有关的一点事都不能做，在当时的条件下，做了也就做了。如果预感到文化专制毕竟暂时，黑暗必将过去，一个真正想写作的人，或许就可以有所作为，更不用说知不可为而为。过去总强调“文化大革命”对文化的摧残，忽视了写作者自身的主观能动性。事实上，真正的文化人独一无二，是作家谁也拦不住，是金子终究会闪亮，干校时期的钱钟书十分压抑，有劲没处使，有力气没地方花，可是正因为这种压抑，一旦离开干校，一旦有机会，他立刻投入到了《管锥编》的写作之中。

在很多人看来，《管锥编》只是学术著作，与小说风马牛不相及，但是其写作热情和理想寄托，并没有什么太大不同。说白了，写于“文革”中的《管锥编》是部穿着学术外衣的《红楼梦》，是一本真正意义的大书，它博大精深，内容无所不包，太值得我们用异样的眼光去仰视。

王泗原

王泗原先生见过很多面，衣着朴素，看上去很干瘦，愁容满面，虽是长者，却不多见言笑。享誉学界，后来也有人以国学大师头衔相赠，与许多著名的文化人相比，这位王泗原还算不上大名鼎鼎。他是祖父的老部下，也是祖父最信任的人，有人甚至把他戏称为叶圣陶的左臂右膀，年龄要比我伯父还大，应该是比吕叔湘先生略小，如果活着，差不多也有一百岁了。

王泗原送父亲的书，居然称“至诚”兄，这让人觉得很搞笑，父亲也觉得太过客气，毕竟他要比父亲年长许多岁，而且学问太高太深，而且他是那样的严肃，因为严肃和不苟言笑，要比实际年龄看上去老很多。说老实话，直到现在我都弄不明白王泗原出生于哪一年，上网去搜索，没想到宣传条目不少，吹捧文章也有好多篇，出生年月还真一时找不到。

上世纪八十年代，祖父病重住院，院方规定每周只有三个下午可以探视，王泗原关心祖父的病情，又不愿违背医院规定，便改成每天去家里咨询，向轮流陪同祖父的家属打听情况。照例是问昨晚睡得如何，体温可好，胃口是否开了，然后说一声这很好，也不喝一口茶，就心满意足地走了。大家都觉得这老头十分古怪，天天都如此，其实打一个电话就行，可是谁也不敢这么提醒，有些话一说就俗了。说给祖父听，祖父也很感慨，只能用"真是个古人"来评价。

我考上大学，祖父很认真地说，我们老开明的人，是看不上什么大学生的。这话伯父说过，父亲也说过，让我觉得很奇怪，相当长一段时间不明白什么意思。祖父不是大学生，伯父和父亲也不是，狭隘地想，因为他们不是，所以难免有吃不着葡萄的心理。后来明白不是这样，对于老一代人来说，不上大学有各种各样的原因，譬如祖父就是因为要养家糊口，没钱上大学，伯父因为高考时患猩红热耽误，父亲上了大专没几天就去革命。按照我的傻想法，大学之门进总比不进好，有无学问，与上大学并没有太大关系，只是世上有文凭的人多，大学生研究生如过江之鲫，真有学问的人太少，以学历和文凭取人，看走眼是经常。

其实执着于文科的人，完全可以在家自学。王泗原倒是考上过大学，因为家贫，很快退学，他的学问功力，一方面得以家传，一方面全靠自习。说到学问好，祖父经常称赞与自己相熟悉的两位，一个是吕叔湘，一位就是王泗原。坦白地说，我最后没有走上做学问的道路，既与喜欢写小说有关，也与那些有学问的人太有学问有关，活生生地是被吓住了。高山仰止，景行行之，我知道自己不可能像他们那样去做学问，这两位实在是太认真太厉害，认真得让人没办法效仿，厉害得可望而不可即。学问是人做的，然而也不是什么人都能做。

王泗原出身名门，世代书香，祖父王邦玺是进士，写一手很好的字，与湘人名流王先谦同科，曾任国子监司业及光绪皇帝的南书房行走。也绕不明白这“司业”和“行走”究竟是多大的一个官，反正是在皇帝身边，侍候着天下第一号人物，有很多可以说的掌故。王泗原偶尔也会透露一些，譬如关于老佛爷慈禧，与外面传的就不太一样，听上去更像一位邻居老太太，我父亲生前常说，王泗原要是把自己知道的这些事都写出来，会非常有意思，可惜他并不太喜欢与人家卖弄这些破烂。家道中落是乱世的必然，王泗原的祖父得罪了李鸿章，然后就是被贬，告老还乡。老人家讲经学，在王泗原出生时已过世，因此对王的影响并不太大，影响大的是父亲王仁照，他当过师范学堂的监督，这职务在晚清相当于校长，讲究文字声韵训诂，教子甚严，教导儿子的首要认识，就是“做学问是一种责任”。

王泗原做过小学和中学老师，做过很长时间编辑，这两项工作都很普通，却说明一个人无论何时何地，只要脚踏实地，都可以做出非同寻常的成绩。当然麟角凤毛，通常只对老派的人才有效，真正脚踏实地，不受人间影响和诱惑又谈何容易。现如今中小学的师资队伍，多如牛毛的各路编辑，真正能做出王泗原这样学问的人，怕是再也找不到。时乎时，不再来，时代变了，人也全变了。我也说不好王泗原有多大学问，只好借别人的眼光，我祖父的观点不能完全作数，说一说张中行先生的评价。张中行是老北大出身，积累很厚学问过人，又是王泗原几十年相处的老同事，评价可算是知根知底。他觉得王泗原“有所作就重如泰山，甚至压倒古人”，觉得他的文章“不读书破万卷就写不出来”，因此，那些想走上古典征途的人，请先细心读读王泗原的书，“当作厉兵秣马，以免仓促登程，碰到小小坎坷就摔倒在地”。

最早见到的是《离骚语文疏解》，这是王泗原的第一本书，显然是一本很难读进去的书。虽然至今我还能马马虎虎地将《离骚》背出来，可是对于这本“疏解”，还真是一读就坎坷，一读就明白自己的学问太差。在书的空白处，王泗原写下了一大段文字，对祖父表示谢意：

圣陶先生：

这本书出版了，我带着感激，拿第一本样书送到您的面前。

一九五〇年的冬天，您从我交给组织上的自传里知道我写了这样一本书。您亲自到我办公的地方，亲切地问我，说想看看。我写信到上海取来，请您教正，您看过了，说可出版，并介绍到开明书店。您多次谈到它，有时候有一两句称许的话，我听了只低着头，不能说什么，我不敢用虚文来对答您的那样质朴的话。稿子整理过后，适逢开明书店出版方针变更，您又介绍到俞平伯先生和文怀沙先生。付排以后，每一次见面，您总是很关心地询问排校的情形。您想到这本书的时候比我自己还多。这使我深深感念，永远不忘。

泗原　一九五四年八月十七日

祖父对王泗原的欣赏非同寻常，常以平生获此得力助手而自豪。这段文字还可以续写下去，一九七一年，跟钱钟书先生一样，王泗原也从干校回到北京，在与祖父的闲谈中，说起昔日研究典籍的种种独特感悟，祖父觉得很有意思，力促他将这些感悟写出来。当时环境下，写下这些感悟，基本上自娱自乐，至多也就是惠及友人同好，因此王泗原也根本无意写作。因为祖父的建议，他“勉思所以报命”，把它们当作随笔写，或长或短，每写了一二十则，便送来给祖父看，让祖父提意见。起初是十六开白纸钢笔写，每则另页，后来写多了，有些零乱，祖父很喜欢这类文字，提出要分类装订，自告奋勇乐意为他效劳。奇文共赏疑义相析，一来一往，就是很多年，祖父对这些文字始终“深致奖誉”，渐渐老眼昏花，王泗原又改毛笔纸墨，用大字抄录送来让祖父过目，再到后来，祖父目力更加不及，只好改为口述，每次三五则，一句一句议论。

终于完稿，终于成书，这就是后来让学界感到震惊的《古语文例释》，所谓集四十年之深厚功力，洋洋洒洒的四十万言。王泗原就先秦两汉典籍的疑难问题，一一作了辨析，提出正确的解释，对真正有志于研读古籍的人会很有帮助。王泗原著作并不多，除了上面提到的两本，还有一本《楚辞校释》，凡是熟悉王泗原的，无人不敬佩他学问精详。然而他的过人之处，还不仅仅是古汉语的研究深入，现代汉语的功力也是十分了得。

王泗原的白话文非常漂亮，打个不恰当比喻，就像毛笔字的一手正楷，炉火纯青出神入化。多年来，他一直在从事教材的编撰工作，当年的人民教育出版社高手云集，谈笑皆鸿儒，王泗原之外，还有张中行，还有张志公，还有隋树森，都是一时俊杰，他们这些人为语言文字所做的努力，默默无闻的贡献，远不是三言两语就能说明道白。还是用一句最简单的评价，人教社的教材关系到全国的中小学生，只要是“王泗原看过的稿子，大家就放心了”，他是把守文字大关的最后一个守门人。

王泗原曾当过胡耀邦的家庭教师，每周上门为其授课，自然是有专车接送，但是他坚持只在远处的胡同口上下车，不让接送的小车开进胡同，以免过分张扬。这就是他最典型的迂腐之处，胡耀邦敬佩王泗原的学问，执弟子礼甚恭，他却从不以此为炫耀，终生不改布衣本色。

张中行

七十年代末，改革开放百废待兴，在北京香山饭店，几位退休老头忽然被招集，赶着编注《古代散文选》第三册，他们是隋树森、王泗原，还有张中行，都是人民教育出版社的老编辑。人教社向来藏龙卧虎，相比较而言，老编辑中的张中行学问稍嫩资格还浅，年纪略小拿钱也少。他是老头子中的年轻人，少壮应该多努力，顺其自然地成了这书的实际负责人。

说起学习古文，我经常翻阅的不是《古文观止》，是人教社出版的这套书。不是因为版本好，而是就在手边，找起来方便。一共三本，据说是编给中学老师看的，经常翻阅，所以也顺带知道了张中行。所谓知道，是知道个名字，与吕叔湘和王泗原相比，家里人很少提及，偶尔会听到一两句，如果不是后来成了畅销书作家，成了北大赫赫有名的“未名四老”之一，他也就是一个有点能耐的退休老编辑。

八十年代中期，偶然读到了《负暄琐话》，随手一翻，竟然不想丢下，于是就把张中行送的那本书据为己有。那时候，知道他的人很少，渐渐地小圈子里开始议论，说黑龙江人民出版社出了一本不错的散文集，作者就是《青春之歌》中的余永泽。对于我们这一代人来说，《青春之歌》是个可以用来定位的坐标，一说起余永泽，都忍不住会心一笑。那年头，这位杨沫小说中的人物家喻户晓，自然要比张中行的名气大得多。

三十年河东，三十年河西，风水轮流转，张中行晚年的行情之好，让所有熟悉的人目瞪口呆。他的著作开始占据各种排行榜，男女粉丝众多，文化人都以读他的书为时髦。尽管和北京大学没什么关系，只是在这学校读过书，后来作为家属在燕园长期居住，他却成了北大的标志性人物。也不过十多年时间，张中行真正地火了，《青春之歌》变得老态龙钟，差不多完全被人遗忘，年轻一代再看到余永泽这几个字，会傻乎乎地问这是谁。

张中行文章中多次提及祖父，语多赞美和感激。“文革”后期，张解职还乡，孤身回到河北香河老家。有一次来北京看妻女，住西郊的北大公寓，其实就是女儿的宿舍，忽然想到要去八条看祖父，兴冲冲进城，恰巧祖父出门，没见到，就留下一张条子。祖父回来看到留言，立刻去信表达未能相见的惋惜，同时为他的不幸遭遇感伤。物伤其类，祖父误以为住的公寓是客舍，想到他在北京工作多年，老来却无家可归，沦为住旅店，不由得忿忿不平。

除了晚年无限风光，张中行一生确实有很多不如意。如果没有最后的十多年，我们大概根本不会去说他的故事。我始终没有弄明白，为什么在同一代人中间，张的薪水会一直那么低，从一九五一年直到改革开放后的九十年代，工资竟然从未变过，退休前是一百二十五块五毛，退休后打七折，只剩下九十四元，还不够一张大票子。当然，上世纪五十年代初期，能拿到一百多块钱，工资也不算低，早已超过了劳动人民的标准，不过钱的多少总是相比较。老一辈人的开销与现代人不一样，一个人工资要养一大家，张中行太太是家庭妇女没有收入，有一个岳母和四个女儿，如果不能与时俱进，水涨而船不高，这点钱自然不够用了，因此读张的文章，会发现"伤哉贫也"经常在字里行间游走。

王小波曾经说过，贫穷往往是一种生活方式。其实不只是贫穷，痛苦也是。看张中行哭穷和抱怨以往，作为读者除了心痛之外，兔死狐悲，忍不住也会淡淡哀伤。君子固穷此话不错，可是文化人一直很穷，食无鱼出无车也罢了，常常还为肚子饥饱犯愁，这就有点不和谐社会了。张中行的解职还乡，牵涉话题很多，个中原因三言两语说不清楚，反正好事没挨着，倒霉都让他给碰上。岁数到了，该退就得退，退了也就退了，他本不是个会据理力争的人，何况当时理也未必全在他那里，只能逆来顺受，老老实实服从命运安排。正好是林彪事件前夕，到处在挖防空洞准备打仗，有一个流行词叫疏散，城里人都往乡下撵，偏偏这仗又没打起来，真打了，避难乡间倒成全了他，说句不好听的话，世道都乱成那模样，打仗就打仗吧。

总之张中行在凄凉中告别了妻女，少小离家老大回，一个人回到了乡下，伶仃孤苦地住在快要倒塌的老房子里，一住很多年，冬天没有暖气，房间里是零下三度，夏天酷热，室内气温已高达三十三度。这也不是随便乱说，他带着一个可以算作古董的老式温度计，千真万确地记录在案，都写在了日记上，并不是后来的回忆。

最惨痛的记忆还是没有北京户口，今天这都不是问题，当年却是头等大事。张中行成了闲杂人员，去首都探望妻女，必定遭受几番羞辱。首先要乡间的大队开路条，证明他不是坏人，这路条开与不开也没个准，要看有权者高兴不高兴。有了路条才能在北京报临时户口，最多三个月，到日子还得续，能不能续又得看有权者的情绪。百无一用是书生，书生碰到有权的，秀才遇到兵。张中行如果潇洒，有点玩世不恭，就不会受这个罪。那年头赖在城里不走，不走也就不走了，未必真会押送下乡。如果豁出去，好日子过一天是一天，当时的退职金是五千多块，一笔很不小的数字，足够快活好几年，索性像农村的二流子败家子，有钱就用有酒就喝，等钱花完，从地主富农吃成贫下中农，正好可以回北京。

当然张中行做不到这些，他顺从惯了，习惯了夹尾巴做人，既不会挺直了腰杆说不，又一定是有钱也舍不得花，毕竟已没有别的生活来源。这钱必须留着养老，今日有酒今日醉，显然不是他的人生态度。在乡间的这几年，他老人家退而不休，度日如年，虽然不至于再去做重体力的农活，但是背粪筐捡个粪，扎场时牵牵毛驴，这些农事还得敷衍。多少年来，我一直会忍不住想到张中行的这段经历，过去常说作家要去体验生活，这个说起来大约也可以算标准的体验了。

退职还乡的张中行百无聊赖，只能依靠三件事来打发时光。一是写毛笔字，用旧报纸抄碑临帖，虽然有些旧底子，最终也没成为书法家。二是读书，这是很多识字的人的无赖，所读之物无非一些常见古文，读了也就读了。三是写作，除了小说什么都写，反正不为了发表，躲在斗室里，想写什么就写什么。结果幸亏了这个第三，当时随便写写，却把埋藏在深处的写作热情给挖掘出来，本来打口井取点水喝，没想到一下子冒出了丰富的石油。

有人把张中行与张爱玲的遭遇进行比较，这两个人都是作家中的极端。一个少年成大名，二十五岁之前，差不多把一生该写的好文章都写了。一个是文坛老旋风，快到八十岁才突然成功。小时了了，大未必佳，与其先甜后苦，还不如好日子留在后面。人间重晚晴，甘蔗从梢上吃起，越吃越甜，老树得以开花，晚就晚一点吧，可惜历史不以人意志为转移，人生不可能自主选择，不是谁都当得了张爱玲和张中行。

大家都知道张爱玲的"成名要趁早"，而张中行显然也不是故意挨到八十岁才张牙舞爪，事实上，他一生都在偷偷写作，只要有机会就贼心不死。五十年代写过，六十年代也写过，可是真正能畅所欲言，真正百无禁忌，则是在"文革"后期。这时候，天高皇帝远，文化人基本上是死了心，写作成了一件完全私人化行为，与轰轰烈烈的大时代完全脱节。据张中行回忆，他的《顺生论》和《负暄琐话》中的一些文字，就写于这个特殊时期。

这也充分说明了新时期文学已开始萌芽，张中行是个例子，另一证据是后来风行一时的朦胧诗，写作年份基本上也差不多，都是在“文革”后期。时代是割不断的，新时期文学的大趋势中，张中行走红有个十分明显的慢热过程，比朦胧诗晚，比伤痕小说更晚。他的成功也印证了一个最浅显道理，文章首先得写出来，写总比不写好，好文章只要写出来，迟早都会有人看，是金子自然会闪光。

当然，作为张中行的读者，我更喜欢他未成大名时的文字，喜欢那种不为大众所理解的淡定和从容。他的功力显然要比年轻一些的汪曾祺更好，而中国文化的倒退又由此可见一斑，与五十年代的“右派”作家相比，汪曾祺明显高出一筹，与张中行较量就有差距。只是相差了几岁，情况就会完全改变，一方面，青出于蓝胜于蓝，后生可畏，另一方面，庾信文章老更成，生姜毕竟老的辣。

师　陀

一九八六年的春天，我在上海一条弄堂里东张西望，终于发现了要找的门牌号码。走进那套还算说得过去的老式房子，一位中年妇女打听了我的来路，突然大声地喊起了“老王”。我有些吃惊，那个叫老王的人应声出来，是一个瘦瘦的老人，带着迟疑的目光看我，等待我的下文。

我怔了一会，才明白过来这位就是自己要找的那个人，这就是曾经名噪一时的师陀。当然我知道师陀姓王，叫王长简，当年用的更多是笔名“芦焚”，因为早已熟悉了师陀和芦焚，一下子真不会想到他也可以叫作“老王”。

我的名片是某人孙子，虽然最不愿意这么介绍自己，但是中间人打过招呼，事前有约，我只要一报出名字，说明出处，师陀便立刻知道我是谁了。当时他也已经七十六岁，可是在习惯上，还并不觉得他有多老，年龄大小向来都是比较，我的祖父已九十二岁，仍然健在，因此在刚开始的对话中，主要是他热情洋溢地表达对祖父的问候。

这是我心情十分矛盾的一年，眼看着研究生就要毕业，前程基本确定，准备去当小编辑。转眼三十岁了，已婚，有个女儿，功名全无，经济窘迫而且住房太小，福利很好的出版社对我明摆着是个诱惑。然而利益总伴随着弊端，这显然不是个适合本人的选择，我很想继续读书，虽然不是看中博士头衔，不过既然在学院里混过，最后不拿到这么一个玩意，总有功德不够圆满的遗憾。如果再读三年书，起码外语可以更上一层楼，当时的英语阅读水平已很说得过去，是标准的死记硬背，肚子里装了差不多五千单词，吃那么多苦，结果始乱终弃，说放手就放手，真对不起自己的努力。

还没有正式进出版社，我已开始为未来的老板打工，此次去上海的目的，就是想找些老家伙，让他们为即将创刊的一份刊物写点稿子。师陀说他很高兴能见到我，但是要说写稿子，怕是力不从心，他已经老了，离告别人世的时间还只有两年。像很多年轻编辑一样，我没有觉得自己行为有多少冒昧，爱屋及乌，因为喜欢师陀的文章，喜欢他的文笔，向他求稿仿佛是在给人家面子。

已记不清与师陀都说了些什么，我看过他的大部分作品，说起来头头是道，这足以让他吃惊。我并不是个高调的人，有时候说着说着，也会不知天高地厚。不过那天确实让师陀很高兴，我告诉他，自己做过一种文本比较，发现许多现代作家重改旧作，越改越糟，然而他的《无望村的馆主》，却无疑是个改好的范例，结尾处改得尤其精彩，已经很有现代派小说的意味。我的一番话似乎搔到痒处，他觉得我很像个内行，几乎对我立刻刮目相待。

在现代文学史上，师陀应该算是一个幸运作家。他开始写作的时候，五四一代小说家名成功就，写作状态已呈现出明显的下滑之势。这时候，正是文坛最需要新生力量的关口，谁在这个时刻脱颖而出，谁就最容易引起大众注意。一九三七年五月，师陀的第一部小说集《谷》获《大公报》文艺奖金，同时得奖的还有曹禺的剧本《日出》，还有何其芳的散文集《画梦录》。曹禺因为《雷雨》成名，此次得奖是锦上添花，何其芳不久去了延安，文风大变，只有创作力旺盛的师陀，成了文坛注目的新名家。

当时的师陀只有二十多岁，《谷》是第一部小说集，然而得奖的时候，他在短短的一两年，又连续出版了《里门拾记》《落日光》《野鸟集》，共三部小说集，还有两本散文集《黄花苔》和《江湖集》。那时候的师陀还叫芦焚，按照他的解释，是英文“暴徒”的音译，是愤怒出诗人的意思。不过说老实话，读他早期的作品并不能感受到太多革命元素，如果不是在创作谈中言及，我更愿意说师陀最初只是个艺术至上主义者。李健吾的评价最为中肯，说他“把情感给了景色，却把憎恨给了人物”，又说“诗是他的衣饰，讽刺是他的皮肉，而人类的同情者，这基本的基本，才是他的心”。

不难想象当初的师陀是如何春风得意，巴金很看好他的文章，为他编辑了第一本书。除了李健吾，为他写书评的还有杨刚，后来的人民日报社副总编辑，是热情鼓吹。还有王任叔，后来的人民文学出版社社长兼党委书记，是批评，腔调很左地进行挑剔。还有孟实，即后来的美学家朱光潜。还有李广田，也是一名不错的作家，后来当过云南大学校长。师陀开始引人注目，很轻易地就成名了，转眼之间，已成为当时被大家最看好的青年作家。

我很羡慕师陀当年的走红，那时候，正是我的小说到处被退稿的年头，别人的幸运恰好衬托出自己的不幸。当然这也与他小说确实写得不错有关，作为一名作家，年纪轻轻就走红并不罕见，难得的是与同时期写作者相比，他的小说更能禁得起时间考验。当时写的今天没办法再读的文字实在太多，我常常会想不明白，为什么那样的作品，在那个时代竟然会被大家接受，竟然会一致叫好，而师陀恰恰是现代文学史上不多的名副其实的好小说家之一。

师陀显然是位爱惜自己名誉的人，他的走红与“芦焚”两个字不能分开，这是他亲自取的笔名，成名之作都是用的这个。但是最后仍然决定改名，另起炉灶，理由是别人冒充他的笔名写了文章，冒充者不仅有汪伪汉奸，还有国民党特务，更有甚者，是有人用这个笔名玩弄女人。这里面很有一些掌故，不过，冒名的故事只是由头，更为重要的两个原因，首先“芦焚”这两字太怪，太愤青，有些戾气，与个人习性不相符合，师陀觉得他是个“平凡而又平凡的人”，将这笔名与自己拉在一块不般配。其次是与左翼作家的嘴仗，王任叔批评在先，师陀还嘴在后，王又恶声再起，说“我们的芦焚先生是得过《大公报》文艺奖金的”，意指他仗着这个奖便骄傲起来，以名人自居，于是师陀很愤怒，执意不再用“芦焚”这个名字，并写了《致“芦焚”先生们》备案。王任叔后来在“文革”中被整死，师陀不愿重提旧事，再版新书时将有关文字统统删除。

师陀的文章中确实有些戾气，这主要是在非虚构的文字中，他的小说通常朦胧，有什么话很少直着说，可是写序，写跋，写回忆文章，始终喜欢过度解释，而且非常政治化，与流行走得太近。他的脾气有些河南人的倔，睚眦必报，来自左的右的批评，都不肯买账，偏偏吵架又不是他的擅长，老实说，他这方面的文章，还真是有些失败。

师陀的好作品是那些既像小说又像散文的短篇，打破小说与散文的界限，模糊虚构与纪实，这正是他的用力之所在。可惜在这方面走得不是很远，很快就爆发了抗战，他蛰居在上海租界，勉为其难地写着，创造力明显打折，向上的势头立刻遏止。抗战胜利前后，他的创作一度又开始繁荣，几乎一年一部长篇，譬如《结婚》，譬如《马兰》，又譬如《历史无情》。前两本他自称是写于抗战后期，正式出版却是在一九四七年和一九四八年，后一部更晚了，以一九四九年为坐标，算是当代作品也不为过。

让人津津乐道的是他的话剧剧本，雅俗共赏，先有《大马戏团》，接着与柯灵一起改编《夜店》，都是大红大紫，风行一时，用今天的话说，一度是上海滩最有号召力的剧作家，因为这个缘故，他在电影厂和电影剧本创作所当过相当长时间的职业编剧。师陀还当过上海出版公司的总编辑，时间不长，然后就成了作协的专业作家。新中国成立后的许多年，他曾不断地努力，鉴于时代原因，和同时期大多数老作家一样，除了润色旧作，并没有什么太惊人的新东西。值得一提的是，在老作家中，师陀应该属于最年轻，一九四九年，他只有三十九岁。

师陀对《金瓶梅》的作者有着浓厚兴趣，用他自己的话说，“由于国家的利益第一，党的利益第一”，主动放弃了这个研究。不过他显然熟读了这部书，兴趣一直不减，“四人帮”粉碎后，谈及个人写作规划，师陀表示要研究《金瓶梅》，引起众人的一阵冷笑。这让他感到非常愤怒，早在一九五八年，他就提过这个研究计划，当时并没有人觉得可笑，过了二十多年，思想解放了，却会这样。

当然，最后也没得出什么结论，师陀并没有告诉我们《金瓶梅词话》的作者究竟是谁。

柯　灵

柯灵先生有一位漂亮太太，这印象源于一张摄于香港的老照片。等我见到这位往日的美人，已是胖乎乎的老太太，依旧还有些娃娃脸，呵护在柯灵左右。是一个大冬天，气候十分寒冷，我进门的时候，他们老夫妇两个正在尝试点煤气取暖炉，一根接一根地划火柴。这让我很震惊，因为那是一种很危险的取暖方式，这种炉子号称某某红外线新产品，耗氧十分厉害，门窗关严了，非常容易煤气中毒。

这是八十年代中期的上海，文化人地位正直线上升，柯灵夫妇住在一栋很漂亮的洋房底层，那时候还没有空调，他们冻得瑟瑟发抖。尝试并不成功，两人手忙脚乱，柯灵太太负责煤气总阀门，这边喊准备好了，那边就把阀门打开，然后这边赶紧划火柴。试了几次都没成功，可能是管子堵住了，柯灵不愿意我一直这么在旁边看着，便放弃了继续尝试，说待一会再努力，招呼我坐下，然后就谈事。

我有些忐忑不安，很认真地告诉他这种取暖炉非常不安全。这已经不是我们第一次见面，柯灵有些恍惚，看了看那小炉子，想说什么，话刚到嘴边，又缩了回去。天气实在太冷了，穿着厚厚的棉袄，他看上去瘦了很多，情绪显得低落。

很快他的情绪好转，我们谈起了张爱玲，胡天胡地乱说了一通。柯灵对张极度推崇，是真心地喜爱她的文字，一说到她，眼睛就放亮发光，说什么书其实可以出，什么书出版社已经出了。我在读研究生的时候，曾推荐出版社出过一套现代长篇小说别集，其中就有一本张爱玲以笔名梁京写的《十八春》，后来上海的一位研究者又编了本《小艾》，选的都是张没有在大陆结集出版过的小说，包括前两年拍电影而大红的《色戒》，柯灵作为中间介绍人，力荐我所在的出版社出版此书。

我甚至记不清此次在柯灵家，是不是为了谈这本书，反正通过大家的努力，书后来终于出版了。我是责任编辑，当时没有电脑照排，版式由我亲自设计，很讲究，在排版印刷时却异常麻烦。书出得还算漂亮，柯灵也比较满意，那时候，张爱玲的书并不是禁书，但是要想过审很不容易。总会有些思想保守的人出来反对，我的顶头上司之一就认定张不只是汉奸，还是不折不扣的淫秽作家，因此能排除万难把书印出来，已经是上上签。

《小艾》出版的时候，张爱玲还健在，现在说起来有些荒唐，在当时出版张的小说，不仅不要经过她本人的同意，不仅没有稿费，只要能出版，就是给张的面子，就是在向她致敬。只要能出版，就是在肯定张的地位，这地位并不是文学史上的排名，而是悄悄地在做翻案文章。记得柯灵曾经问我要过好几次样书，有一次是说要送给张的姑妈。

我敢肯定柯灵当时绝不会知道张有一本叫《小团圆》的手稿，他做梦也不会想到，多少年以后，会有那么一天，会有那么一段文字。在前辈的老作家中，再也找不到像柯灵那样乐意为张爱玲鼓吹的作家，说到她，他总是不遗余力。在老作家嘴里，张爱玲显然没有什么好的人缘。有一年在杭州西湖边，我们去拜见黄源，他一提到沈从文和张爱玲，非常的不屑，口无遮拦。老人家并不知道我其实很喜欢这两位作家，而且就算是知道，也仍然会大肆攻击。

张爱玲对那些不喜欢自己的作家，基本上敬而远之。作家有很多种，有人天性好战，以鲁迅为代表，绝不放过自己的敌人。

张显然明白她是个异数，能做的就是毫无顾忌地伤害自己身边的人，因为越是身边，越熟悉，越亲密接触，小刀子就可能捅得又准又狠，而她小说的魅力也许就在这里。

与那些名声响亮的老作家相比，柯灵算不上什么大牌。不过显然也有自己的优势，这就是有良好的人脉，他是一个不错的好编辑，是一个优秀的文学活动家。就我所知道的情况，老一辈作家都对他印象良好，而他也是最容易欣赏别人，很乐意为同行叫好，文人相轻的恶习对他并不适用。柯灵可以是很多人的朋友，他的平易近人，他的热诚，我作为晚辈感受尤深，起码我没看到他摆过什么老作家的派头。其实老中青作家都可以分成两大类，一是专看缺点，一眼就能看出别人的某些不足，天生傲骨，喜欢说人家的不是，一是善于发现优点，为人虚心，总是在欣赏别人的优秀，并把这些优点和优秀揭示出来，柯灵显然属于后一类。

与柯灵打交道自然不仅仅是为了张爱玲，我当了编辑以后，一直想约一部老同志写的优秀长篇小说，这是领导给安排的任务，也是自己一度想努力的目标。毕竟刚离开大学校门，我还像个情窦初开的天真孩子，一门心思按照自己的阅读经验选择作者，想把柯灵计划要写的一部长篇小说拿到手。当然是一厢情愿，记得当时只把目标锁定在两个人身上，一位是北京的汪曾祺，还有一位就是上海的柯灵。姜还是老的辣，在有把年纪的老作家中，似乎也就他们两个合适，就他们两个还能写，是老作家中的最后希望，其他的人不是岁数太老，就是功力太嫩。

柯灵从来没说一定要把小说给我，只是说先让他写出来，对于他这么一个老人来说，什么时候能写出来真说不准。有一次去柯灵家，我看见门口贴着条子，大意是为了不影响写作，他已经闭门谢客了，请来者不要再打扰。这让人有些感动，也活生生地展示他的工作状态。我很喜欢柯灵与师陀合写的剧本《夜店》，那对话实在太棒了，我相信有如此功力的老作家，只要他愿意，只要他努力，就应该能写出一本好的可以传世的作品。只要能写出来，只要能写好，交给哪家出版社并不重要。可惜无论是汪曾祺，还是柯灵，都没有完成这个任务。汪曾祺根本就没打算写，他是个聪明人，犯不着为那些很难完成的事去操心受累。柯灵的晚年倒是一直在写那部长篇，要反映出大上海的变迁，不断地看到有些报道，甚至还先发表了一部分，但是良好的愿望并不能代替现实，我最后也没弄明白他的小说是否写完，只知道一点，就算是已经完成，也不是一部什么大不了的作品。

写长篇小说是货真价实的力气活，到上世纪八十年代，百废待兴，真正老一茬的作家，显然都太老了。仿佛过气的老运动员，已过了出成绩的最佳年龄。廉颇老矣，就算还有好胃口，又能怎么样。老年的雨果和托尔斯泰在晚年都不乏惊人之作，但是千万不要忘了，在其职业写作生涯中，他们都是曲不离口拳不离手，始终是在第一线打拼，而中国的老作家们，因为时代原因，被强迫中断了几十年，真正进入了改革开放的好年头，虽然名声显赫，却仍然只是文坛上的新手。

我从来也没有死皮赖脸地缠着柯灵，好像挖壁角一样，非要把他的长篇小说据为己有，以表明自己的组稿能耐。我断断续续地与他联系着，心中暗自祝愿他能尽快把长篇小说写完。说老实话，人也会变，我很快就对当名好编辑失去了兴趣。我已经丧失了耐心，不想再去编那些只可以赚钱的图书，能不能拿到名人的稿子也无所谓。在当时的出版风气下，就算是组到了第一流的好稿子，如果没有印数，也不是什么好编辑，那年头的好编辑就是能赚钱，要能赚大钱。当然，也许更为关键的，是对写作的热情与日俱增，因为不安心，我变得有些不尽心，忽然想明白与其指望别人写一部好作品出来，还不如自己去冒险尝试。天下谁是圣贤本来没有一定，孔子是人，我也是人，为什么不亲自去试一试呢。

柯灵生于一九〇九年，与钱钟书和师陀都是同时代的人，年龄相仿，活跃在同一个文学舞台上。在大类上，他们都是作家，可是仔细区别，就会发现大相径庭。以小说看，师陀最多，以学问看，钱钟书雄视古今，柯灵虽然小文章写得很灵动，文字功力不凡，只是把更多的精力放在文学活动上。文坛会因为他的存在热闹，文学新人会通过他的发现为人注目，快忘却的老作家也会由于他的关心被重新提起。我一直记得有一本书，叫《爱俪园梦影录》，这部书稿几经波折，从交给柯灵开始，拖了几十年，经过了无数风雨，才最终成书，从头至尾都离不开他的关心。

施蛰存

上世纪九十年代初，施蛰存先生写了一篇考证“缅铃”的小文章，寄给南方某刊物，本以为改革的前沿阵地，思想必定开放，没想到会不能够发表，于是郁闷，只好转给香港的朋友。“缅铃”在《金瓶梅》中又叫“勉铃”，是一种“贵重淫器”，据说来自缅甸，玩意虽然不雅，文章十分严肃，也相当好看。文如其人，熟悉施蛰存的都知道，他是个很认真的老先生，很会写文章，你真想不明白，为什么这样的文字不让登出来。

同样九十年代，王小波的《黄金时代》读者都说好，可惜英年早逝，喜爱他的人无不为之心痛，就在大家的追悼中，北大一位文学老教授拍案而起，指责它为淫秽作品。王小波也是个认真的人，极有思想，文章写得好，尸骨未寒遭到这样的指责，让人无话可说。

我曾向施蛰存约过稿，当时年轻不懂事，冒冒失失就去了，究竟想约他写什么，自己心里也不清楚。这种拜访很无礼，时间是更早的八十年代，当时在出版社做编辑，出差上海，不知怎么就想到了他。印象中最深的是施蛰存的帅气，地道的老帅哥，一把年纪的老先生我见过不少，像他这样眉清目秀有精神的并不多。他大约也看出了我的少不更事，问想约些什么样的文章，又问起我家庭的种种情况，总之都是闲聊，我已经快三十岁，在他眼里仍然是个孩子，很快陷入了无话可说的境地，弄得大家有些尴尬。

非常庆幸施蛰存后来没给我写稿子，如果写了，会不会遭遇“缅铃考”一样的遭遇，很难说。事实上，我当编辑的那些年头，许多约稿都被莫名其妙地枪毙了。施蛰存活了九十九岁，直到二〇〇三年才去世，地地道道的人瑞，他的声望越往后越高，越活越有劲。然而轰轰烈烈的八十年代，很多老家伙还健在，名气比他更大，地位比他更高，他还算不上第一流的狠角色。况且在那个岁月，许多掌握审稿生死大权的官员，根本不把文化名人放在眼里，要说退稿，比施蛰存更牛的怕也是难免。

对施蛰存我一直有种愧疚之心，当年确实只是想去见见这位曾经被鲁迅痛斥过的“洋场恶少”，因为态度不够端正，过于随意，以至于连谈话都没办法进行。我是研究现代文学出身，对三十年代文坛的掌故还算熟悉，那时候很想与他谈谈“现代派”，可是话到嘴边，没有说出来。原因是这种谈话会很勉强，心里有障碍，说老实话，对于文章的认同，我并不太喜欢现代文学史上的那个现代派。风水轮流转，到了八十年代，现代派成了流行词，新潮和先锋小说甚嚣尘上，那年头玩文学的年轻人不敢不谈一个新字，我虽然已开始写小说，有时候也被拉进队伍里凑数字，却不太想谈这个时髦的话题。

有人喜欢把中国现代派小说的源头，追溯到当年施蛰存那一拨写小说的人身上，这种学问做得很勉强，不通得莫名其妙。其实根本没什么关系，像刘呐鸥和穆时英，除了专门搞研究的，知道的人极少。施蛰存的名声要大一些，所以大，并不是他当年写了“现代派风格”的小说，玩过新感觉派，而是因为他曾经被鲁迅痛骂，因为他还坚强地活着，是大学里硕果仅存的著名老教授。

一位在华东师范大学读过书的朋友，跟我谈起施蛰存的学问，佩服得五体投地，说施先生是一个活着的奇迹，他的学识古今中外无所不包，任何一个专业都可以去当博导，都是第一流的大学者。朋友的意思是要颂扬施蛰存，没想到这样的激赏有很大问题，明着表扬，暗地里则可能是批评。首先，一个人的本事再大，也一定会有局限，闻道有先后，术业有专攻，如果一个人的学问门门都精，完全有可能是门门都不精。这就好比田径赛事的十项全能，你的运动素质好，综合分数也许会很高，然而显然不可能是各个专项的第一流选手。

其次，也说明中国整体的学术水平太差，第一流选手太少，结果一个有点本事的人，只要敢闯入学术界，就会拔剑茫然，如入无人之境。上世纪的学术水平，有个明显下降过程，越往后退化得越厉害。与自己的前辈相比，甚至与同辈相比，施蛰存似乎还算不上顶级学者，但是与后来做学问的人比，他就会高明太多，有着明显的优势，无论古典文学还是外国文学，能与他一较高低的人都太少了。

在当年，博导或许还是个可以吓唬人的头衔，是学问的标志，搁在今天就真的很难说了。施蛰存只是一位三级教授，因为被打成“右派”，又降二级工资使用。不管怎么说，“文化大革命”前的三级教授，已经相当不错，基本上能过上资产阶级的生活。平心而论，他的这个级别也不算低。毕竟没留过洋，大学的文凭也不算太过硬，虽然进过好几所大学，究竟应该算是哪一家大学毕业也说不明白。学过英文，学过法文，都不能算是科班出身，他的翻译文字差不多有二百多万，以东欧和苏联文学居多，大多是转译。用行话说，基本上靠自学成才，他一会儿玩外国文学，一会儿又钻进中国古典文学，玩唐诗宋词，玩晚明小品，玩金石碑版，喜欢的人说是博学，不赞赏会觉得学问太杂。

施蛰存认为治学有三个阶段，第一是浅尝到博览，从对某门学问有兴趣起步，开始一本接一本地找书看，渐渐熟悉与这有关的各方面情况。在第一阶段，最重要的是感兴趣三个字，要发自内心地喜好，要喜欢。接下来，知道了这学问的各方面情况，经过更广泛的阅读和思考，必然会遇到困惑遇到问题，必须要想方设法解决，于是自然而然进入了第二阶段，这就是所谓入门。入门以后，又会觉得欲罢不能，开始走火入魔，千方百计地想把一切不清楚的问题都弄明白，这才是治学的最高境界，可以正经八百地开始做研究工作了。施蛰存觉得自己性情急躁，没有耐心，做学问常常只能达到了第二阶段，这话当然是过分自谦，因为学问从来就是没有底，谁也不敢说自己是最高。

从一九二八年开始，到一九三七年，施蛰存写了大约七十个短篇，出过五个集子，正准备着手写长篇，抗战爆发了，他的创作生涯因此到了尽头。这以后，在高校蛰居了将近五十年，直到退休，始终是当教书匠。从教大学国文开始，前前后后，开过无数门课，让太多的学生弟子受惠。既然他是多面手，能者多劳也就难免，不过他坚持了一个原则，就是不为当代文学开课，这也是一种做学问的态度，在他看来，当代文学只是“事”，还在未知的发展中，暂时还谈不上是什么“史”，文学研究者更应该对史有兴趣。

当然这也与高校的传统有关，老一辈学人中，闻一多朱自清开过当代文学的课，可是到最后，个人的兴趣都转到古典文学上。这既与当代文学自身不争气分不开，也与大学里轻视创作的风气分不开。小说家多少会有些不入流，像施蛰存这种以作家身份进入高校的人，不在古典上打拼出一些玩意，不来点真价实货的之乎者也，很难在课堂上真正站稳脚跟。赌气也好，真有兴趣也好，反正施蛰存说不写小说就坚决不写。他留给我们的想象空间是，如果没有抗战，如果不转向，如果他的长篇小说真写出来了，又会怎么样。

施蛰存最大的优点是终生热爱写作，抽雪茄，喝咖啡，不锻炼，写作是最大的养生之道，他所中断的只是小说。一九八六年退休养老，已是八十二岁的老叟，他的随笔文字仍然随处可见，或长或短，丝毫不比很多专业作家文章少。难怪当年向他约稿，会很认真地问要什么样的稿子，见过很多老先生，名气远比施蛰存逊色，可是一听说约稿，吓得直摇头，我知道他们绝不是架子大，确实老得写不动了。

施蛰存的写作青春能够常在，这一点真让人很羡慕。据说在退休以后，胡乔木曾拜访过他，问起生活情况，回答是“住房太小，仍有些困难”。在给别人的一封信中，他不无牢骚地写下了“手冻不便写字，不多述”。尽管是个老帅哥，是很有名的教授，施蛰存始终是寒士，居住的环境很糟糕，夏暖冬凉，分不清书房卧房客厅餐厅。与同年代文化人相比，他的房子不是最差，确实也谈不上好，中国文人的整体窘迫由此也可见到一斑。不知道后来的住房条件是否有所改善，反正我忘不了他那间房间，是一栋英国风格的老房子，外表看上去挺不错，真正属于他的空间却太小了。